実は、内向的な人間です

ナム・インスク 著
カン・バンファ 訳

内向的であるという告白

「私って内向的なんだよね」

　そう言う私を、友人はじっと見つめた。そして、しばしの沈黙の末にこう言った。

「あんたそれ、よそで言わないほうがいいよ」

　内向的なのだという告白が、友人には呆れたもの言いに聞こえたようだ。それもそのはず、私は何かの集まりで黙り込んだり、人見知りしたりしない。数百人の聴衆を前に講義をし、テレビカメラの前でもスラスラしゃべる。でも、だからといって外向的な人間だと思われては困る。「内向的」というのはそういう意味じゃない。「内向的」「外向的」というのは、「自分を表現できるかできないか」ではないのだ。

　内向的な人とは、物理的、感情的に敏感な人のことを

言う。だから、外界のどんな小さな変化も刺激に感じる
し、短い外出や何気ないやりとりにも疲れてしまう。た
とえるなら、Wi-FiやBluetooth機能がオンになったま
まの携帯電話。キャッチしなくていい電波にまでいちい
ち反応して、たちまちバッテリー切れになってしまう。
だから、余計に多くの充電時間が必要なのだ。なかには
私のように、わざわざめまぐるしい電波の中へ飛び込ん
でいく内向型人間もいる。意味のあることだと思うから、
人々と交わり、新しい体験も拒まない。でもそれは、ど
こまでも例外であって、本来の私とはほど遠い姿なのだ。
人との交流ももちろん楽しいが、ひとりでいる時間のほ
うがよほどいい。

　社会に馴染む前の私は、自分を劣った人間だと感じて
いた。人付き合いが下手で、いつも輪の中心から外れて
いる自分が情けなく、未来が不安だった。でも、そんな
自分自身を受け入れ、少しずつ勇気を出して、本来の自
分から一歩ずつ外へ踏み出した。すると、そこには新し
い世界が広がっていた。

　社会の一員として暮らしていく中で、積極的になれな
い性格に生きづらさを感じていたのは事実だ。本音を言
えば、次に生まれ変わるなら、外向的な性格に生まれた

いと今でも思う。でも、内向的な人にもまた、望みどおりに生きるうえでの強みがある。

　人生でいちばん大切なものが"幸せ"だとしたら、総じて、内向的な人がさほど損をしているとは思わない。内向的な人が噛みしめる幸せは、より深く、より濃い。内向的か外向的かは優劣とは関係ないことを理解し、自分とちゃんと向き合うことが、こういった幸せにつながるはずだ。

　もしもあなたが内向型人間なら、これから私が語ることのある部分には共感し、ある部分には共感しないだろう。内向的な人は、いろんな顔をもっている。でもきっと、あなた自身、そして周りの人々が、これまで想像もしていなかったことに一つひとつ気付いていけば、自分をちっぽけだと感じているあなたの人生はがらっと塗り替えられるはず。内向的な人たちが、無理をすることなく、もう少しだけ自由で幸せになれる世界がきますように。

目次

第2章　ピッ！——社会性モードに切り替え中

第3章　ありのままの私をありのままに

第4章　ほんの一歩で充分

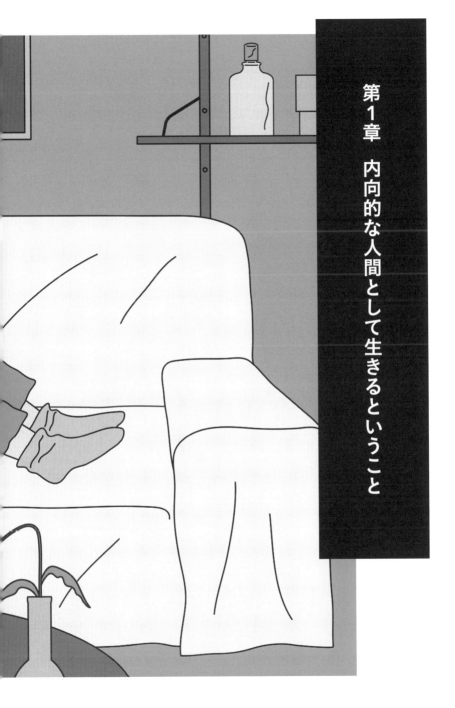

第1章　内向的な人間として生きるということ

私は内向型人間？
それとも外向型人間？

　私が内向的な性格について書いていると言うと、ほとんどの人はまずこう叫ぶ。

「私もそうなんだよね〜」

　実は、内向的な人は全体の5割とも8割とも言われているから、当然と言えば当然かもしれない。でも、どう見ても外向的な人でさえ同じような反応をする。

　人が集まる席で存在感を示したり、ジョークを飛ばしたり、SNSに大胆な自撮りをアップして関心を集めたり。そんな人は外向型人間と思われがちだ。でも、そこまで目立つことをしない外向型人間もいれば、目立つことをする内向型人間もいる。

　人間はもともと、大勢の前で緊張と恐怖を感じるように生まれついている。でも、経験値の高い誰かが堂々とした態度でいると、それを見た人々は「ああ、自分は内

気だからあんなふうにできないのだ」と思い込む。でも、みずから人前に出ていくからといって、必ずしも外向的というわけじゃない。人前でのみ発揮される才能をもって生まれたから、性格のほうをそちらに寄せていると見たほうが正しいだろう。

　知人の中に抜群のワードセンスをもつ人がいて、口を開けば笑いの渦が起こる。そのためにいつも注目が集まり、その期待に応えようと、人を笑わせにかかるのが習慣になっている。でも、実際はとても内向的な性格で、なるべくなら人の集まる席は避けたい、余暇はひとりで過ごしたいと言う。人前に立つのが仕事である芸能人にも、こういう人は多い。おおっぴらな活動そのものが外向性の基準にはならないのだ。

　以前、インターネットで見つけた内向性・外向性テストをやってみた。すると、なんと結果は「そこそこの外向型人間」。それもそのはず、「人に会うのは好きか」「人前で話すのは得意なほうか」といった自己表現に関する質問がほとんどだったのだ。はて、と思ってよくよく見てみると、高校生以下にのみ通用するものとのこと。なかには、14歳以下にのみオススメ、というものまであっ

た。

　つまりは、まだ社会化していない子どもの場合にのみ、自己表現をその性格と結びつけているわけだ。内向性と外向性は、"表現"ではなく"性格"の問題として見ると、相手を理解する手がかりになる。

　ここでヒントをひとつ。自分がどちら寄りかわからないときは、小学生の頃を思い浮かべるといい。私たちは、子どもの頃は生まれついた性格で暮らしているが、やがて社会適応を経て、お互いに大差ない社会人になっていくからだ。

　内向型人間と外向型人間では、ドーパミンの受容体に差があるという。ドーパミンは幸福、快楽、興奮に関係した神経伝達物質で、新しい経験や刺激によって分泌される。外向型人間は、ドーパミンによる神経の興奮を感じにくい。だから、ドーパミンを分泌させる外部の刺激がストレスにならない。むしろ、刺激のない退屈な環境には耐えられないと言えるだろう。

　一方で、私のような内向型人間は、リラックス状態で分泌されるアセチルコリンの働きにいっそうの幸福感を得る。だから、人との出会いや新しい刺激、新しい経験

よりも、ひとりでいる時間のほうが心地いいのだ。内向型人間にとって休息とは、ビール片手に友人とおしゃべりする時間ではなく、わが家のソファに転がってテレビやスマートフォンを眺めている時間を意味する。

　こういった性格は生まれつきのもので、訓練によって変わることはない。

　でも、外部の刺激をどう受け入れるかによって内向的か外向的かが決まるかというと、実際はそれほど単純ではない。両極端な面をもっている人もいれば、どちらともつかない微妙な性格の人もいる。自分がどちらに当てはまるのかまるでわからない人は、ちょうど中間にいるのかもしれない。人間という存在が十人十色であるように、私たちの性格もまた広大なスペクトラムをもつ。「引っ込み思案な性格を直さなければならない」、そう親に叱られていた子どもの頃を思い出すと、ちょっぴり悔しい気持ちになる。生まれもった性格を直すべきものとして見る世の中も、いまだに変わらない。内向性と外向性を"自己表現"とみなすテストが青少年期までしか通用しないのは、その後は内向型人間も必要に応じて社会性を備えていくということを意味している。だけど、

一度考えてみてほしい。それぞれの性質に合わせて成長していくのに、無理やり性格を変える必要などあるだろうか。

　大切なのは、自分がそのスペクトラムのどの辺りにいるのかということより、今の自分を受け入れることだ。

内向性診断

○すごく嬉しい瞬間や幸せな瞬間に、ひとりでいてもかまわない。

○旅行の日程が決まると、楽しみだけど同時にストレスを感じる。

○一週間外出せず人に会わなくても、退屈しない自信がある。

○外回りの仕事で2、3時間空いても、近くにいる知人を呼び出すより、ひとりでカフェで休むほうがいい。

○失恋や裏切りに傷付いた直後は、ひとりでいたい。

○大勢の集まりは疲れる。一対一の約束が好き。

○会話の際、相手の話が面白ければ聞き役に回れる。あえて自分が話す必要も感じない。

○発言を後悔することが多く、いつまでも引きずる。

○自分の部屋でひとりで過ごすときがいちばん幸せ。

○相手側のやむを得ない事情で約束がキャンセルになると、不快に感じないばかりかむしろ嬉しい。かといって人に会うのが嫌なわけではなく、会えば楽しく過ごせる。

○緊張からくる頭痛が頻繁に起こる。

○何かを始めることは嫌い。でも、いったん始めたことは最後までやり遂げないとストレスになる。

当てはまった数
- 10個以上ならザ・内向型人間
- 7〜9個なら内向的
- 4〜6個なら中間
- 3個以下なら外向的

私が無口ですって？

　数人が集まる席で予定を決めていたときのこと。その日は講義が入っていると私が言うと、そこにいた知人のひとりが、なんとも不思議そうな目を向けてきた。

「あんたが講義を？」

　それ以上聞かなくても、何が言いたいのかわかるような気がした。

「プライベートでもこんなに無口なあんたが、人前で講義？　そんなことありえるの？」

　おおかたこんなところだろう。そう疑われるのも当然に思えた。私の中の分類では、その知人は"大の話し好き"だったから。

　人と話すとき、私は相手によって口数を調整する。こちらの話を聞きたがる人の前ではたくさん話し、自分の話をしたがる人の前ではなるべく黙っている。

そもそも、話し好きな人はこちらの話をまともに聞かないので、話す気にもなれないということもあるが、そういう人を相手に話すこと自体が疲れるのだ。他人の言葉を吸収することよりも、自分が何を話すかばかり気にしている人に向かって話していると、ぎゅうぎゅうに詰まった袋に強引に何かを押し込んでいるような気分になる。ひと言ひと言を伝えるのが地獄でしかない。こういう場合は、質問をして相手にしゃべらせるか、質問されたことに答えるだけにしている。喜ばれない話を無理やりしたり、相手の話の腰を折ったりもしない。そうして初めて、お互いに満足できる時間になる。この場合、相手の話が有意義であることが必須だ。

私が講義をしているという言葉に驚いた知人は、ずばりこのタイプの人間。この知人の前で口数の少なかった私は、いつの間にか"会話はスムーズにいくけど、話し下手な人"とインプットされていたわけだ。

内向的な人は話すのが苦手。大方の人はそんなふうに考えるけれど、どんな性格であれ、話すこと自体が嫌いな人はいない。人間なら誰しも、本音をぶつけたり、情報や意見を共有したりしたいという欲求をもっている。

ただ、内向的な人は、話を聞いてくれている相手の反応にずっと敏感だ。自分の話に対する微妙な反応に、平静でいられる自信がない。相手の反応を気にしないなんてありえない。

　今夜にでも居酒屋に立ち寄って、隣のテーブルの会話に耳を傾けてみるといい。酔いに任せて、相手が聞いていようがいまいが、両者別々の話をしていることなど日常茶飯事。特に、普段からあまり人と話すことのない中年以上の男性グループの場合、会話と見せかけた独壇場のカオス状態になっていることが多い。もちろん、しらふでも自分の話ばかりできる人はたくさんいる。

　内向的な人は相手の反応がストレスになるため、それを忍んでまで、話したいという欲求を発散させる気にはならないのだ。だから、心地いい反応が予想できる相手の前でだけ、まともに口を開く。普段は無口な人が突然まくしたてるように話し出すと、周りは驚く。そんな光景をしばしば見かけるが、内向的な人からすればおしゃべりの場を選んでいるにすぎない。私がこうして文章を書くようになったのも、ひょっとするとこれが、疲れないおしゃべりのひとつだからかもしれない。

時には、すっかり安心しきってマシンガントークを
している途中で、ふと相手の微妙なネガティブ信号を
キャッチし、はっと我に返って後悔することもある。
「どうしてあんな余計なことを！」
「私ばかり話しすぎたかな？」
「変な人だと思われてたらどうしよう？」
　こんな思いがしばらくのあいだ、地下鉄にぼんやり
乗っているときや寝る前のベッドの中でしきりに頭をも
たげ、悶々とする。あんなこと言わなきゃよかった、と
悔やまれる内容が頭の中でぐるぐるリピートされる（実
は今もまさに、私の中でリピートされている件がある）。
この後遺症は数日続くこともある。こういうわけで、何
を言っても許される人の前でなければ、口をつぐみがち
になるのだ。

　終始相手の反応を気にしながら話すことで疲れ、ひと
りでいるときも残像に苛（さいな）まれるような居心地の悪いお
しゃべりは、内向的な人にとってマイナスでしかない。
だから自然と、人付き合いを避けるようになる。居心地
が悪いのであれば、そういった場を避けることも大人ら
しい態度だと思う。でも、「自分はこれでいいや！」と

楽な道ばかり選んでいると、反対に、本当に心地いい生き方を取り逃してしまう気もする。

　思えば、私が安心しておしゃべりできる関係は、そもそも居心地の悪い関係から始まっているようだ。多少の気まずさを乗り越えた先では、さまざまな人間関係が見つかる。今はそれが、私の静かな人生に生きる意味をもたらしてくれている。そんな冒険を嫌って、限られた気楽な関係にばかり依存していると、何かの折にがっかりすることが増え、いざというときにひとりぼっちになってしまう。いくら内向的だからといって、孤立するのはよくない。

　私には、長い時間をかけて、私の乏しいエネルギーを少しずつ投資し、気楽な関係になれた友人たちがいる。久しぶりに会ったときの遠慮のない"おしゃべり祭り"は、その後に再び始まるひとりぼっちの沈黙の時間を、いっそう貴重なものにしてくれる。おしゃべりと沈黙のあいだでバランスをとること。これを、私が今後も内向的な人間として生きていくうえでの美徳としたい。

カチッ——
社会性スイッチを入れました

　仕事で人に会うと、ピンとくることがある。
「この人、本当は内気なのに、今は"積極モード"に変えてるんだなあ」「頑張ってるんだなあ」と。

　内向的な人は最低限の人間関係だけを望むけれど、どんなに極端な内向型人間でもそんなふうに生きるには限界がある。"社会生活"は、"食べていくこと"とほとんど同じ意味で使われる。思えば、食べていくために稼ぐお金の相当部分は、人とうまく関わることによって与えられていることが多い。

　たとえ思う存分内向的に生きられたとして、それは必ずしもいいことばかりじゃない。私にとっていちばん楽なのは、ベッドに横たわっている姿勢。でも、まれに具合を悪くしてベッドから出られないとなると、数時間も

しないうちにその限界に気付く。腰が痛み、全身が凝ってくるのだ。本来、生きている動物なら、長いあいだ同じ体勢でいることは楽じゃない。そのうえ、感じ方というものは常に相対的だ。苦しみを味わって初めて、楽な状態にも気付くことができる。

　もっぱら引きこもってばかりいられない決定的な理由は、私たち人間が集団生活をする動物の代表だからだ。進化心理学者によれば、ものすごい熱量を消費する脳を人間がここまで発達させたのは、高度な社会生活のためだという。実際、自然の中でだけ生き残ろうと思えば、微分積分を解く知能より、歯や筋力のほうが重宝する。そういうわけで、私たち一人ひとりのDNAは"関係"において幸せを感じるよう設計されている。そのため、いくらひとりが好きで、少数の親しい人とだけ過ごしたいとしても、ある程度は外の世界へ踏み出さなければならない。

　人生に充実感をもたらしてくれるものの多くが、そこにあるからだ。

　極度の内向型人間である私は、置かれた状況によって

あるスイッチを押す。私はそれを、意識の中の"社会性スイッチ"と呼んでいる。それを押すのは、相手が私より内向的だとか、私が会話を引っ張らなければいけない状況だとか、公の場に出たとき。もちろんそれ以外にも、外向性を求められることは多い。相手の性格に関係なく、外向的な態度は人をリラックスさせやすいからだ。人とのコミュニケーションにおいて、外向性は性格を表現するものというよりも、相手への礼儀と配慮だと言える。

　一度このスイッチが入ると、私はコロッと別人になる。変に緊張することもなければ、無理やり笑うこともなく、会話もとどこおりなく進む。子どもの頃は絶対に無理だったこと（見知らぬ人に自分から話しかけるとか、気まずい関係の人に連絡するとか）も、この状態でなら可能だ。

　私だけでなく、たいていの内向型人間は必要に応じてこのスイッチを入れているように思う。なかにはこのモードがはまりすぎていて、周りの人全員に外向型人間だと勘違いされる人もいるだろう。私の場合、周囲に誰かいようと時には解除モードになったりもするが、このような人たちは完全にひとりになって初めてスイッチをオフにし、本来の姿に戻る。

外で"外向性オン"状態でいた日は、帰宅してスイッチを切ったとたん、ボロ雑巾のようにぐったりする。たとえ、その日一緒に過ごしたのが大好きな人たちだったとしても。いや、楽しければ楽しいほど疲れは大きいかもしれない。私はしばしば、自分が掃除機の"強"モードになったかのような感覚になる。勢いよくモーターを回転させるものの、普通の倍の速さで放電してしまうのだ。そんな日は帰宅後に家族と言葉を交わすこともなく、死んだように横たわって休む。家で黙々と仕事をした日の午後は元気が余っているのに、誰かと会った日は疲れて仕事をする気にもならない。どうやら、社会性スイッチをオンにするとエネルギーの消耗が激しいのは確かなようだ。

　だからだろうか。社会生活における頻繁な会食や退勤後の業務連絡などは、ある種の暴力にさえ感じてしまう。どれも、社会性スイッチに過度な負荷をかけるものだからだ。

　以前は、社会性スイッチがオンになっている内向型人間を目にするたびに痛々しく思っていた。でも今は、そのスイッチを思いどおりに使いこなせるようになったこ

とに、拍手を送ってあげたくなることのほうが多い。それは、何度も何度も、本来の気質に逆らう勇気を出して手に入れた勲章なのだ。

　思い返せば、人生で手に入れてよかったと思えるものの多くは、"社会性オン"のときに得たものだ。オフ状態で思い浮かべ、じっくり寝かせていた考えは、オン状態になって初めて確かなかたちとなった。大人になってこのスイッチを持てて、よかったと思う。ただ、私たち内向型人間が、本来の自分からあまりにかけ離れる必要のないことを願うばかりだ。

　ある知人は極端に内向的で、みんなが集まった席で和気あいあいと過ごしていても、途中で充電が切れそうになると迷わずその場を離れる。
「あの子って最後までいたことないよね」
　そんな陰口を叩かれることがあっても、気にも留めない。私は、これもまた自分を守る方法のひとつだと思うし、むしろその知人に学びたいくらいだ。
　電池切れ状態にもかかわらずなかなか席を立てないのは、社会性スイッチをオンにしていることをみんなに気付かれたくないからだ。恥ずかしいというより、私と一

緒にいることを負担に思われるのが怖い。逆の立場で考えてみても、自分と一緒にいる人が家に帰ってへとへとになっていると知ったら、平気ではいられないだろう。

　この文章が私の知人の目に触れることがあるなら、連絡を避けられる前にこう伝えておきたい。それほどのリスクを侵すだけの価値があるから、あなたに会っているのだと。

思い返せば、人生で手に入れてよかったと思えるものの多くは、"社会性オン"のときに得たものだ。オフ状態で思い浮かべ、じっくり寝かせていた考えは、オン状態になって初めて確かなかたちとなった。大人になってこのスイッチを持てて、よかったと思う。ただ、私たち内向型人間が、本来の自分からあまりにかけ離れる必要のないことを願うばかりだ。

おとなしい外向型人間、
騒がしい内向型人間

　人は人生の節目ごとに、選択の岐路に立たされる。小さなことで言えば連休に旅行に行くかどうか、大きなことで言えば仕事を替えるかどうか、今の相手と結婚するかどうか、などなど。

　自分がどんな性格かを知ることは、こういった選択に際して、参考にすべき事項がひとつ増えるということだ。私の場合、ものを書きたいと思って脚本家になったはいいが、次第に、チームよりひとりで作業するほうが性に合っているのだと気付いた。ひとりで働く楽しさは、自分の書いたものが監督や俳優によって視覚的なものに形づくられていく恍惚感にも勝るものがあった。

　いつからか、目の前に大きな課題を突きつけられるたび、自分に解決できそうかどうかを見定めてから取りかかるようになった。内向型人間の私は、限られたエネルギーを効率よく分配しなければならないことを知ってい

る。

　ところが、単に人前で話すことや、知らない人と話す
のが嫌いだからという理由で、自分のことを内向的だと
考える人がいる。外向型人間もまた、その性質はまちま
ちで、みんながみんなわかりやすい特徴を示しているわ
けではない。外向性をデメリットだと感じて控えめな態
度が身に付いていたり、体力がないせいで引っ込み思案
になりがちだったりするのを、内気な性格のためだと勘
違いしたまま生きている外向型人間もいる。

　人前での態度は、意外にも、内向性や外向性とさほど
関連がないようだ。ステージ上では大胆不敵な芸能人が、
人々とじかに触れ合うとなるとたちまちおどおどしはじ
める例は、挙げればきりがない。多くの場合、芸術性は
内向性から芽生え、深まっていく。そんな芸術性を備え
たアーティストたちが、社会性スイッチを入れて、仕方
なくステージに登っていると考えたほうがよさそうだ。

「明るくて騒がしい人は外向的な人」「暗くておとなし
い人は内向的な人」という認識にも誤解がある。そういっ
た態度や、習慣からくる表現方法は、環境や必要に応じ
た本人の選択と考えたほうがいいかもしれない。誰とで

もすぐに仲良くなるけれど、常に静かで落ち着いている人もいれば、ひとりを好む思索家なのに、いざ人に会えば誰よりにぎやかで社交的な人もいる。

　一方で、時に人は立場や権力を笠に着て、自分の本質をさらけ出すこともあるようだ。その場でいちばん序列が高く気兼ねする必要のない人は、内向的なら内向的なりに、外向的なら外向的なりに、自分にとって楽な態度をとるだろう。「社会性がないと思われてはまずい」と冷や汗をかきながら相手に話を合わせることもなければ、馴れ馴れしいと嫌がられるのを心配して言葉を呑み込む必要もないからだ。

　私たちの性格は色グラフのグラデーションのようなもので、はっきりした境界はない。同じ人が同時に「どちらかというと社交的な内向型人間」にも、「ちょっと消極的な外向型人間」にもなりえる。さらに、その傾向はさまざまな現れ方をするので、ひとつの特徴だけではその人を説明しきれない。

　自分がどんな人間かを知るには、一般の固定観念を物差しにするのではなく、自分自身の心に直接尋ねてみてはどうだろう。

外向的な人がうらやましい

　外向的な人の生き方を横目でうかがっていると、いともたやすく生きているように見える。誰とでも気兼ねなく付き合い、新しい環境にも瞬時に適応し、仕事があればちゃちゃっと片付けてしまう。何をするにもグズグズ、もたもたしている私が骨身を削るようにして取り組んでいるそばで、彼らは同じことをさも簡単にやってのける。

　どんな能力も行動で示さなければ宝の持ち腐れなのだから、人間関係や仕事をみずから進んで広げていく彼らに多くのチャンスが訪れるのは自然なこと。私はといえば、自分のおんぼろバッテリーが尽きるまで、社会性スイッチを入れて踏ん張るのがやっとだ。どう考えても、この世界は生来の外向型人間を中心に回っているようにしか思えないではないか。

　でも、時が経ち、外向型人間の真似がそこそこ板に付いてくると、以前は見えなかったものがだんだん見えて

くるようになった。

　昔、隣の家に2歳くらいのかわいらしい女の子がいた。ただでさえ愛らしいのに、人によく懐いてニコニコ笑うものだから、どこへ行ってもかわいがられていた。私にもよく懐き、自分の家よりわが家で遊びたがった。

　家族以外の大人を見ると必ず泣き出す娘がやっと幼稚園に入ったばかりの頃で、私はそんな隣の子が不思議でもありかわいくもあった。人見知りの激しい子が未熟な親に抱かせる恥ずかしさと決まり悪さ。そんな感覚しか知らなかった私は、隣の子のお母さんがうらやましかった。ところが、一緒にいることが多くなると、なぜかお母さんはその子のせいでいつもソワソワしている。わが子があまりに外向的なので、他人のテリトリーにずかずか踏み込んでいきはしないかと心配なのだと言う。

　ふたを開けてみると、お母さんのほうも根っからの外向型人間だった。話しぶりや所作が控えめだったので、きっと内向型人間なのだろうとひとり合点していたのだが、そうではなかった。彼女もまた小さい頃から人懐っこかったために、親から「むやみに人との境界線を越えてはいけない」と教えられたのだと言う。彼女は自分が

受けた教育を、娘に対しても引き継いでいたのだ。

　まだ言葉もままならないその子に、彼女が日に何度もこう言っていたのを覚えている。

「相手に話しかけられたときだけ話すんだよ。相手に呼ばれたときだけ行くんだよ。相手に……」

　内向型の遺伝子に囲まれた環境で育った私にとっては、なんとも驚きのしつけだった。

　誰かに「来い」と引っ張られても付いて行かないのが、人間の基本スタンスだとばかり思っていた。まさか、こんなふうに教育しなければならないタイプもこの世に存在していたとは……。

　内向型人間と外向型人間。両者の社会適応は真逆のベクトルをもつ。内向型人間の社会適応はドアのチェーンを外すことによって、外向型人間の社会適応はそのチェーンをかけることによって叶うのかもしれない。

　外向型人間は、人が自分のテリトリーに入ってくることをさして負担に感じない。だから、他の人たちが張り巡らす境界線に気付かない傾向がある。そのため、学習と経験によって境界線の位置を把握しておかなければ、「失礼な人」という印象を与えて社会から締め出される

こともある。

　私たち内向型人間が、人に声をかけるために何度も勇気を振り絞っているとき、彼らもまた、声をかけることが失礼になっていないか何度も確かめているのだ。社会適応とは、外向型人間は内向型人間に、内向型人間は外向型人間に近付いていく過程と言えるかもしれない。だとしたら、社会で歓迎される姿勢を身に付けることは、どちらか一方にとって特別有利なことでもないのだ。

　外向型人間の人生もまた、内向型人間と同様、やすやすとはいかない。外向型人間は、受け入れるよりも放出することで物事を捉えるため、どちらかというと直感力が低い。そのうえ、会話においても相手の話を聞くことを苦痛に感じる傾向がある。こうなると、何かに備え、予習することが難しくなる。実行するパワーはあっても、打率は低いというわけだ。そうなると、外向型人間はさらなる経験とチャレンジを重ね、直感でキャッチできなかった成功要因について自分なりのデータを集めていくしかない。そのため、行動に移さないタイプの外向型人間の人生は、同じ条件の内向型人間より薄っぺらいものになる可能性が高い。

だからだろうか。外向型人間として何かを成し遂げた人たちは、普通の人には真似すらできないほどの実行力を発揮していることが多い。もちろん、成功している内向型人間にとっても実行力は基本中の基本だが、そのボリュームとスケールは桁違いだ。

　生まれながらに高速道路のフリーパスを与えられているように見えた外向型人間が、それひとつでありとあらゆる高速道路を走らなければならない運命をも背負っていたのだということを、以前は知らなかった。よくよく見れば彼らもまた、これといってうらやましがるほどのこともない、私と同じ地上の住人にすぎないのだ。

　なにはともあれ、誰にとっても生やさしい人生などないらしい。

内向型人間は
みんなアウトサイダー？

　いつの頃からか、私たちは人を「インサイダー」と「アウトサイダー」に分けるようになった。インサイダーは集団や組織によく馴染んでいる人、アウトサイダーはその逆。社会性という言葉と相性のいい外向型人間はおのずと「インサイダー」、そうでない内向型人間は「アウトサイダー」の同義語として使われることもしばしばだ。そしてこういった点から、内向型人間が格下扱いされる場に出くわしたりもする。

　分類上はほとんど極端な内向型人間の私だが、振り返ってみると、数年周期でアウトサイダーとインサイダーの人生を交互に生きてきたことに気付く。さらには同じ周期の中でも、環境によってインサイダーになったりアウトサイダーになったり。それは私ばかりではないようで、周囲を見ても、集団の中のインサイダーが外向型人間でない場合はけっこうある。アウトサイダーとイ

ンサイダーは、内向型か外向型かとは無関係のようだ。

　人を引き付ける引力は、誰とでもざっくばらんに付き
合える性格からのみ生まれるわけじゃない。どんなかた
ちであれ、その集団にとってプラスになる、あるいはプ
ラスになりそうな人がインサイダーとなる。"プラス"
というのはその人の面白味だったり、親しみやすさだっ
たり、仕事の腕や財力だったりする。
　人生の多くの場面でアウトサイダーだった私は、その
たびに自分には魅力がないのだと恥じ入り、ずいぶん寂
しい思いをした。ところが改めて考えてみると、それは
他でもない私自身が選んだ道だった。私は自分から何か
を差し出すことに不慣れで、ひとりでいるほうが気楽な
人間だった。何より、自分の立ち位置にわびしさを感じ
ながらも、いざインサイダーになれそうなチャンスが
巡ってくると消極的になった。ひとりが嫌で集団から抜
けきれずにいても、自分のなけなしのエネルギーをそこ
に注ぎたいとは思わなかったのだ。内向型人間は、バッ
テリーがすぐに底をつくがために、本能的に省エネした
がる。そんな私たちがアウトサイダーになりがちなのも、
似たような理由からだろう。

でも、いったんエネルギーを注ぐ理由を見つけたとなると話は別だ。「自分にできることがあれば」という善意と資源をもつ人なら、誰しも集団の中での言動の幅は広がる。どんなにひどい内向型人間でも、そこではずっと自由に意見を述べ、ジョークを飛ばす。他のメンバーに自分から近付きさえする。そう、これはまさしくインサイダーの姿だ。王侯将相いずくんぞ種あらんや※。インサイダーに遺伝子があるわけではないのだ。

実際、外向型人間がもっぱらインサイダーとしてのみ生きることは難しい。特に、言葉が表向き以上の意味をもつハイコンテクスト（高文脈）文化においては。たとえば「お腹が空いた」はそのつど、「おごって」「一緒にご飯食べない？」、はたまた「もう帰りたい」という意味にもなる。反対に、ローコンテクスト文化であるドイツでは、それは文字どおり「お腹が空いた」という意味にしかならない。

ハイコンテクスト文化においては、集団の中で積極的に行動するうえで、脈略はとても重要だ。誰にとってもちょうどいいタイミングで行動を起こして初めて、みんなに喜んでもらえる。反対に、空気を読めずに前のめりになると、"でしゃばり"のレッテルを貼られて遠ざけ

られてしまう。「黙っているのがいちばん」と言われる
ゆえんだ。

　目に見えない微妙な空気を読み取るのは、冷静かつ共
感力のある内向型人間のほうが有利だ。「外向型人間＝
インサイダー」の法則が成り立たない理由がここにある。

　地球が太陽の周りを公転しているように、私たちもま
た、人生の周期によって中心に近付いたり遠ざかったり
する。自分自身の心の声に耳を傾ければ、周囲とどう呼
吸を合わせるか次第で、時にはインサイダー、時にはア
ウトサイダーとして生きることこそ自然なのだ。集団の
中で自分の存在感を実感するもよし、いるようないない
ような自由な周辺人として過ごすもよし。インサイダー
かアウトサイダーかで優劣をつけたり落ち込んだりする
ことなく、流れに身を任せてみてはどうだろう？

※「成功は家柄や血統によるのではなく、自分自身の才能や努力による」という意。

Q

集団の中だと空回りしてしまいます。一人ひとりとは仲良しなのに、みんなが集まる席では「離れ小島」のような気分です。中心となっている話題に入っていくのも苦手。内気な性格のせいでしょうか？

内向的な人の
Q＆A

A 内向的な人は集団の中でコミュニケーションを取りづらいことが多いようです。一対一の会話と複数との会話は別物ですからね。一対一の会話は、話をよく聞いてあげるだけでもお互いに満足のいく会話になりますし、自分が話すときも、ある程度の反応が予想できる聞き役がいます。

ところが、人数が増えると状況は一変します。発言権を得るためには積極的にならねばならず、聞く側も個人ではなく聴衆になるからです。すると、内向型人間は相手の反応を気にするため、当然尻込みすることになります。

実は、聞き上手な内向型人間は、一対一で会ったほうがずっと自分の魅力を発揮できます。親しくなりたい人がいたら、一対一の席に集中し、みんなでいるときはやっきになって発言しようせず、適切な反応で存在感を示しましょう。時には内向型人間も発言の中心になることがありますが、必要以上にでしゃばってしまったとあとで後悔するのがオチです。

内向型人間の天敵、
好感度の高い意地悪な外向型人間

　いっとき、自分は外向的な人とそりが合わないんじゃ
ないかと考えたことがある。どこに行っても注目を浴び、
みんなとすぐに打ち解ける彼らと一緒にいると、その陰
に埋もれている自分が情けなくなってくる。自分の内向
性が人生の足かせになっているなどと感じたことはない
のに、彼らといると劣等感に似た不快さが込み上げてく
る。そして、そんなふうに感じる自分が嫌になり、いっ
そうつらくなるのだ。こんなことが続き、いっそ外向的
な人とは付き合わないほうがいいのではないかと思うに
至った。

　でものちに、自分が間違っていたのだと思い知った。
外向的な人と合わないのではなく、当時私の周りにいた
外向型人間が、どうにもよろしくない人たちだったのだ。

　人のいい外向型人間は、そばにいる人たちに疎外感を

抱かせない。むしろその外向性を利用して、寡黙な人た
ちがすんなり日なたに出られるようリードし、必要なと
きだけ存在感を示す。

　かつて私を取り巻き扱いし、得体の知れない辱（はずかし）めを受
けたような気にさせた外向型人間は、あとから思えばお
かしな人が多かった。内面の乏しさから、他人の関心を
独り占めしたがり、周りの気弱な人々が及び腰になって
いるのをひそかに楽しんでいた。

　自尊心に致命傷を負わせる人は、愉快な外向型人間の
顔をしている。

　外向性と内向性はもっぱら表現上の違いであるため、
人柄の良し悪しとは関係ない。ただ、意地悪な内向型人
間の場合は、その特性上、接触の機会が少なく他人をコ
ントロールする力も弱いので、避けようと思えば避けら
れる。でも、誰にでも親しげで、第一印象から好感のも
てる外向型人間の悪意はずっと巧妙で、気が付いたとき
には深手を負っていることが多い。

　そんな人たちに違和感をもつことは、罪悪感、さらに
はパニックをも招く。みんなに好かれていそうなその人
に自分だけが違和感を覚えているのかと、自分に非があ

るように感じてしまう。小説やドラマの中で善良な主人公に嫉妬する、底意地の悪い脇役になったような気分だ。そういう人と長く付き合っていると、やがて自尊心はボロボロになり、たとえその人との関係から抜け出せたとしてもなかなか回復しない。

でも次第に、そう感じていたのは自分だけじゃないことを知った。その人に笑い返していた人たちも、実は内心、同じ苦しみを味わっていたのだ。その関係が毒になることに気付いた人たちは、ひとり、またひとりとその輪から抜けていった。

結果的に、好印象だが意地悪な外向型人間の周りには、"昔からの親しい間柄"にある人がいない。長い付き合いの人たちは深い関係になく、親しい人たちはまだ被害を受けていないだけ。いつも人々に取り囲まれているように見えて、実はそばに誰もいないのだ。

たくさんの人間関係を経験し、観察してきたと思っている私でも、いまだに心ない外向型人間をひと目で見分けることはできない。だから誰かと過ごしたあとの帰り道、なんとなく嫌な感じがしたときは、その後しばらくその人を遠ざけてみる。物理的に無理なら、気持ちだけ

でも。すると、その原因が自分にあるのか相手にあるのかがわかる。

　みずから望んで引き寄せられる関係と、いやいや引きずり込まれる関係は違う。積極的に近付いてくる相手を「魅力的な人だから」と拒みきれずに、どこか腑に落ちないまま続いていく関係は、いつだって人生の重荷となる。

　自分の敏感なアンテナで捉えた感情には何か理由があるはずなのに、その事実からいつも目をそらしていた。無難で人当たりのいい人が歓迎される社会に、もっとふさわしい人間になりたかった。でも、そんなふうに押し込めた感情が自分を蝕んでいくのもどこかで感じていた。

　自分を信じることは、心の奥のもやもやした感情を現実と結びつけてくれる。そしてそれは、ずる賢い人たちが一線を越えてこようとしたとき、自分を守る力になる。

　心ない外向型人間は、私の人生に登場するたびに大きな教訓を残していく。「私が感じることは間違っていない、もうそろそろ自分を信じてもいいのだ」と。

神経質な人＝
内向的な人なのか？

"内向的"と"神経質"は同じではないけれど、深く結びついている。そのためか、際立って過敏な人は内向的な人だと誤解されやすく、その気質がネガティブに映ることも多いようだ。でも、内向型人間の過敏さとは、普段私たちが思っているものとはちょっと違う。

知人の中に、どこで何を食べようと、決して「おいしい」と言わない子がいた。面と向かって「まずい」と言うこともあれば、無言で眉間にしわを寄せて箸を置くこともあった。その子との食事で「おいしい」と聞いたのは、数年間で一度きり。私たちはその子が、とても敏感な味覚をもつグルメな人なのだと思っていた。だから一緒に食事をするときは、気を遣ってなるべく評判のいい店を選んでいた。

ところがその子のことを知るにつれ、すべて誤解だっ

たことがわかった。実際は、味覚が鋭いのではなく、好き嫌いが激しいだけだったのだ。自分の好きなものなら、まずくてもペロリと平らげる。つまりその過敏さは、好き嫌いを隠そうとしない性格からくるものだったというわけだ。

　私たちはよく、気難しさと過敏さを取り違える。内向的な人はたいてい過敏だから、扱いにくいと考えるのだ。でも実際に付き合ってみると、内向的な人のほうが大らかなことが多い。時間はかかれど、いったん親しくなれば、とがったところもなく寛容なことこの上ない。
　"表現"にはエネルギーを使う。
　過敏であることと、それを表に出すことは別の話だ。内向的な人は、自分の不満を他人にぶつけるときのプレッシャーに耐えられない。また、その不満をあらわにする自分自身もストレスになる。そのため、持ち前の敏感さでキャッチしたもののほとんどは、単なる刺激に留まることが多い。
　感じるだけ感じて、あとは忘れてしまうのだ。

　ある年の誕生日、夫とお寿司屋さんに行った。板前

がお寿司を握りながら、説明を添えてくれる店だった。
10人ほどの客が板前を囲んで座り、それぞれに談笑を
交えながら穏やかに食事していた。

　ところがいつの間にか、ひとりの中年男性が大声で板
前に話しかけはじめた。魚についての知識をひけらかし
ながら次第に声高になっていく男性に、板前は他の客の
様子をうかがいながらしぶしぶ返事をしていた。同席し
ていた妻と娘はいつものことだというように、彼とはひ
と言も交えず箸を動かし続けている。

　あまりにうるさいので、夫の話も、板前の説明も耳に
入ってこない。我慢の限界を迎えた私は、その中年男性
に聞こえるように抗議に打って出た。さて、そのあと
私は、心穏やかに気持ちよく食事することができただろ
うか？

　そんなはずもなく、当初の勢いはどこへやら、箸を持
つ私の手は震え、胸はドキドキしっぱなし、お寿司の味
さえまともに感じられなくなった。相手の仕返しが怖
かったわけでも、何か言われたわけでもない。ひとえに、
他人の感情を逆撫でするような言葉を口にしたことの余
波が、私自身を苦しめていたのだ。他人と衝突するまで

もなく、自分の中の葛藤に打ちのめされていた。

　そんなわけで、こういった状況に耐えられない内向型人間は、他人に対して寛容かつ鈍感になる。外向型人間と内向型人間が親友である場合、すねたり怒ったりするのは外向型人間のほうであることが多い。その代わり、内向型人間は自分の許容範囲を相手が超えたとたん、くるりと背を向けることがある。相手からすれば「ある日突然」のように思えるかもしれないが、実際は、鈍感さでうやむやにしてきた不満が限界に達したのだ。

　でも、私たちは社会経験を積むにつれ、過敏さの表現をコントロールするようになる。外向型人間は相手の立場を考えて抑えた表現をするようになり、内向型人間は必要に応じてちゃんと表現ができるよう自己鍛錬する。つまり、ある程度の社会的年齢に達した人たちにとって、過敏さを表現することは、もはや内向性や外向性の問題ではなくなる。いい大人なのに誰の目にも神経質な人は、もともとそういう人なのではなく"神経質な人として生きることに決めた人"なのだ。

　そう決心するには、そんな生き方に付いてまわる反発をものともしない図太さか、それを許してくれる周囲の

人々に相応の見返りを払う力がなければならない。内向型人間である私には図太さもなければ、それに報いるすべもない。だから、どこまでも寛大になるしかないのだ。あえてそうしているわけではなく、私の本能が知らず知らずのうちにここへと導いてくれた。

　内向型人間のこういった面は、人生の序盤では苦労の種にもなるが、ある程度の時が過ぎれば、よりよい大人になるうえで有利に働くことに気付く。良いことばかりのものもなければ、悪いことばかりのものもないのだ。

過敏であることと、それを表に出すことは別の話だ。内向的な人は、自分の不満を他人にぶつけるときのプレッシャーに耐えられない。また、その不満をあらわにする自分自身もストレスになる。そのため、持ち前の敏感さでキャッチしたもののほとんどは、単なる刺激に留まることが多い。感じるだけ感じて、あとは忘れてしまうのだ。

第2章　ピッ！──社会性モードに切り替え中

外向型人間が人間の基本型？

　アルバムをめくっていると、幼い頃の娘とまともに写っている家族写真がほとんどないことに気が付いた。写真の中の娘は顔を隠したり、ギュッと目をつぶったりしている。どうやら、旅先で家族そろって写真を撮ろうと思えば、他人に撮ってもらうことが多いからのようだ。

　娘は4、5歳頃まで、慣れない人を前にすると寝たふりをした。なんと、ひどいときには立ったままで！　まるで、天敵が現れるとひっくり返って死んだふりをするテントウムシのように。私はそんな娘を連れて人に会うたび、気まずい思いをした。家族だけのときはよくしゃべる娘が、人前に出るとどうしてそうなってしまうのか理解できなかった。

　そんなある日、家族向けのイベントに出かけた。「夫婦で参加すれば景品をプレゼント！」という司会者の声が響き渡った次の瞬間、私と夫は最後尾に引き下がって

いる自分たちに気が付いた。2人一緒に瞬間移動でもしたかのように。私たち夫婦は、万が一にもステージに押し出されないよう早々に避難したのだった。そして、娘の極度の内気さは、自分たちからの遺伝なのだと知った。

　何かの研究資料で見たが、内向型人間は私たちが思っている以上にたくさん存在するらしい。程度の差はあっても、多くの人が人間の内向性に共感できるということだ。にもかかわらず、私たちは外向型人間を標準的なタイプとして、「あんなふうにならなきゃな」とつぶやく。社会性スイッチを入れることに慣れる前、本来の性格のままで生きていた頃の感覚を忘れてしまっているのだ。

　"外向性"は文字どおり、何事も外へ向けて発散させる性格であるため、"ひとり"以外のあらゆる状況で有利なことは間違いない。すぐさま新しい環境に適応し、みんなと仲良くできることは、自身の生存を左右する外界と緊密につながっていることを意味する。外向型人間はそれを当たり前のこととして振る舞うが、内向型人間にとっては難しい。だから内向型人間を、矯正が必要な不完全な存在として見るのかもしれない。

もちろん、内向型人間が子どもの頃のままでいいわけではない（人見知りが過ぎて寝たふりをする30歳を想像してみよ！）。でも、社会適応とともに自分の殻を打ち破らなければならないのは外向型人間も同じ。折れたり譲ったりすることを知らなければ、場を白けさせてしまうことに変わりはないからだ。

　内向性を正すべきものや劣ったものとして見るより、「社会性スイッチを押すこと＝大人のたしなみ」ぐらいに捉えることが望ましいだろう。

　そして、内向型人間は社会性スイッチを入れている時間が長ければ長いほど休息時間も必要だということも、もう少し広く理解してほしい。みんなとにぎやかに過ごすのが好きな外向型人間の気質は当然のこととして受け止められるのに、好きな人たちといてもしばしば家に帰りたくなる内向型人間の気質についてはいちいち説明を求められる（もちろんこれは、内向型人間が自分の口からそれを説明できるという意味ではない）。

　外向型人間を人間の基本型とし、どんな人にも常に外向的な振る舞いを強いる社会は暴力的だと思う。そんなものは分類上の気質のひとつにすぎないと認め、それぞ

れがありのままに生きてもいいのだと理解してほしい。
そしてもし理解できないのなら、せめてそのままそっと
しておいてほしい。

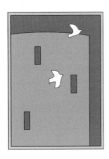

パーティーには行きますか？

　ある日、知人から開業式に招待された。オフィスを開くまでの過程を見守ってきたこともあり、行かないわけにはいかない。道中を共にできる知人もおらず、ひとりで赴くことに腰が引けつつも、プレゼントを手に会場へ向かった。

　時間に合わせてオフィスへ入った私は目を丸くした。それまで私が立ち会ってきた、式順どおりにテープカットや厄払いを行う開業式とはかけ離れた光景が広がっていたのだ。クラブでかかっていそうなリズミカルな音楽、デスクを取っ払ったひらけた空間、料理を片手に三々五々集まっている人々……。

　状況を把握しようと考えを巡らすうち、招待してくれた知人は長い海外生活から帰国したばかりであることを思い出した。これこそが海外ドラマでしか見たことのない"西洋式の立食パーティー"なのだとわかると、私は

いっそう頭を抱えた。

　さて、何をどうしたらいいんだろう？
　そうだ、招待してくれた知人を探そう。この大海原の
ようなパーティー会場で迷子のごとく立ちつくしている
私を、きっとエスコートしてくれるはず。
　ところがどういうわけか、いくら目を凝らしてもホス
トである知人の姿はない。会話を交える見知らぬ人々で
埋めつくされた部屋でひとりウロウロしていたところへ、
しばらくしてやっと知人が入ってきた。私は、生き別れ
た家族と20年ぶりに再会したかのような勢いで駆け寄
ると、お祝いの言葉を伝え、プレゼントを渡した。知人
は愉快そうに笑いながら短い会話を終えると、だしぬけ
に、すぐそばにいた人たちを紹介しはじめた。仕事仲間
だということだったが、私とはこれといったつながりも
共通点もない人たちだった。
「ああ……初めまして……」
「○○と申します」
「どうも……」
　といった挨拶が行き交うと、ホストは「ではごゆっく
り」と言い残して去ってしまった。次の瞬間、言いよう

のない気まずさが漂いはじめた。

　私が入ったことでしゃべりづらくなったのか、お互いに顔見知りの彼らは沈黙を守っている。耐えきれずに私が無意味な質問を投げると、短い言葉が数回行き交ったきり、パタッと途切れた。ホストが勧めていったフィンガーフードはとうてい喉を通りそうになかった。

　内向型人間である私にとって、人生でもっともやりきれなかったシーンのベスト5に入る。

　このパーティーの盲点は、「参加者全員が韓国人の西洋式パーティー」であるということだ。招待客は同行した者同士で輪になって、意地でもその円陣を崩そうとせず、他に知った顔を見つけたときにのみその場を離れるのだった。つまり、その場で気まずい思いをしていたのは私だけではなかったというわけだ。

　私たちにとってパーティーとは、新しい人と知り合う場というより、知り合い同士で遊ぶ場に近い。隣り合った人と話すうちに仲良くなるならまだしも、自分からあちこち渡り歩いて知らない人に話しかけるなんて至難の業だ。

　たとえばこの悲惨なパーティーで出会うのが、自分と

似たような部類の人たちではなく、まったく異なる人たちなら気楽だったかもしれない。社交的なことで知られるアメリカ人とのパーティーなら、私もいっそ社会性スイッチを入れていたことだろう。それならブレーキをかけることなく、紹介された人たちと積極的に仲良くなったかもしれない。少なくとも、社会性スイッチを入れた私を受け入れてくれるベースはあったはずだから。

　でも、恥ずかしがり屋の韓国人が集まる地獄のようなパーティーにふいに放り込まれた私は、身の処し方を知らない招かれざる客にすぎなかった。

　私は結局、このまま棒立ち状態でいるよりも、さっさと立ち去ってあげるのがマナーだと判断した。案の定、軽く目礼をしてその場をあとにすると、彼らはホッとした顔で会話の続きをはじめた。

　私は再び頭を抱えた。

　はて、これからどうしよう？

　またもやひとりぼっち、どんなに見回しても知った顔はない。せっかく来たのだから、こういう場に顔を出しそうな知人たちに会ってから帰ろうとも思ったが、それまで持ちこたえられそうになかった。お腹も減っていた。

砂漠にひとりきりでいても、今より孤独ではないだろう。

　よし、脱出しよう。

　そう決心がつくと、その足で外へ出てタクシーを拾った。家へ向かうタクシーの後部座席で、私はえも言われぬ平穏に包まれるのを感じていた。そして時計を覗いて驚いた。永遠とも思われたパーティー会場での滞在時間は、なんとたったの 15 分だったのだ。

　この経験から、私はいくつかの教訓を得た。

　お祝いの席はいいが、いわゆる"パーティー"には行かないこと。

　もし避けられない場合は、片時も離れない同行者を連れていくこと。

　そして、自分はこういう人間なのだと素直に受け止めること。

集まるのは4人までが限界です

　いつもウォーキングをしている道には、飲み屋や焼肉屋が多い。日が暮れたあと、ひとりで汗を流しながら歩いていると、味付カルビを焼く匂いや、にぎやかに飲み交わす声に決まって出くわす。外からもよく見える明かりの中で、数人がグラスをぶつけながら楽しそうに笑っている。それは会食をする会社員のこともあれば、新学期を迎えた大学生のこともある。その活気に吸い寄せられるように、ちょっと足を止めてそちらをうかがう。そして、その輪の中にいる自分を想像してみる。

　けれど次の瞬間には、「違う違う」と首を振り、そそくさと歩を進める。人々が集まる和気あいあいとしたムードは、憧れにとどめておきたい。あの輪の中に自分がいるなんて、ちょっと想像したたけでも疲れてしまう。

　好きな人には会いたい。でも、できれば一対一で、お

互いに相手に集中しながら、人生を語り合い、共感したい。向かいに座っている人を私の世界に招待し、私も相手の世界に入り込んで、もうひとつの人生を体験したい。

そこにもう1人か2人くらいいてもいい。でも、同席する人が多くなればなるほど、一緒にいることの良さは薄れ、疲ればかりが増していく。

個人的には、自分を含めて4人ぐらいまでがいい。それ以上になると、共通の話題に集中できない人が出てきたり、グループに分かれたりする。こうなると全体的にまとまりがなくなり、どこかのグループに入っても会話がうまくいかない。

いちばん困るのは、グループとグループのあいだに挟まれるようにして座っているときだ。こちらの話に相槌を打ちながらも、あちらの話がどうにも気になる。すぐ隣に座っているくせに自分たちの話を聞かない私を恨めしく思っていやしないか。そう思ってそちらの会話に入っても、しばらくは話題についていけず、だんまりを決め込むことになる。

こうなるといつの間にか、どちらの話にもちゃんと参加できないまま、作り笑いを浮かべてキョロキョロして

いる自分がいる。ましてや、そこにいるのが知らない人だったりとっつきにくい人だったりすると、すぐにでもその場から逃げ出したくなる。

　内向型人間は、本能的に相手の気分をうかがったり察したりする。だから、複数の人が集う場では大忙しだ。自分が話しているときはひとりよがりになっていないかと疑い、黙っているときも場の空気を乱していないかとヒヤヒヤしている。なかなか会話に入らない人がいようものなら、仲間はずれをしているようで気が気じゃない。行動に移せていなくても、こんなふうに内心ひとりで気を揉んでいるのだ。

　時折、たくさんの人と同時に楽しく話せる外向型人間が不在の場合は、私が代わってその役目を引き受けることもある。そんなアクシデントに見舞われた日には当然、でしゃばりすぎたのではないかという後悔と疲労がどっと押し寄せてくる。

　でも、大勢の人と一緒にいるあいだ、もっとも私を疲れさせるのは、無意味な時間を過ごしているような気分になることだ。そういった場では、中身の薄い表面的な会話が飛び交うことが多い。お互いの話ではなく他人に

ついての話、あるいは、お手軽な情報やジョークなどが乱れ飛ぶ。家路につく頃には何ひとつ覚えていない、会話のための会話だ。

何より、内向型人間にとっては人間関係そのものが大きな刺激となる。一度にいくつものアンテナを張ろうとすれば、バッテリーを急速に消耗するのは当たり前だ。

知らない人だらけの席で精いっぱい大人ぶって過ごした日の帰り道、「二度とあんなところには行くもんか」と胸に誓った。空しさが募り、気心の知れた親友に電話してひとしきりおしゃべりをした。やっと胸の隙間が埋まったような気がして電話を切った私は、携帯画面に浮かぶ親友の名前を見てハッとした。思えばその親友に出会ったのも、そういった気まずい席でのことだったのだ。

生活環境や考え方が変化するたび、ある程度の周期で"親しい人たち"はかわっていく。もしも気楽だからといって限られた世界に閉じこもっていたら、いつか私は、その関係に限界を感じて八方ふさがりになっていたか、孤立していたに違いない。

その後はそういった席に呼ばれると、喜んで応じることもできるようになった。私にとっては永遠に馴染めな

い空気かもしれない、だけど心のドアを少しだけ開けて
おこう。そんな気持ちで。

人とは狭く深く付き合いたい

　14歳のときに書いた日記を読んだ。まだまだ世界は狭いけど悩みは一人前だな、そう思いながら読み進めていると、ある箇所が目に留まった。クリスマスを前に、信じてもいないサンタさん宛てにつらつらと願い事がつづられている。1ページをまるまる埋めつくすほどの長さだったが、内容はごくシンプルだった。「本当の友だちがほしい」。

　友だちがいなかったわけではない。ひどく内気な性格ではあったが、友だちは常にいた。どうやら、それ相応の付き合いはあっても、その関係に満足していなかったらしい。

　隠し事などひとつもなく、私という存在を理解し、まるごと受け入れてくれる存在。そんな相性ぴったりの友人、死ぬまで続く友情がほしかったのだ。ここまでくると、白馬に乗った王子様が現れるのを待つより図々しい

気もする。

　実際、小説やドラマでいかにも現実味に欠けるのは、これといった取り柄もないヒロインに命を捧げるカンペキ男よりも、ヒロインの友人のほうだ。たいていの場合、彼女はヒロインとは幼馴染で、何があってもヒロインを見捨てず、そのわがままをすんなりと受け入れる。2人のあいだには全幅の信頼があるため、誤解が生まれる隙もなく、生まれたとしてもすぐに解ける。これはストーリーの展開上、友人役の複雑な心理描写を割愛したために起きる事態だが、それを見ている私たちは無意識のうちに「友とはこうあるべきだ」と思うようになる。

　恋愛ドラマに出てくるヒロインとその友人のように、数少ない人と狭く深い関係を結ぶ。それこそが、内向型人間が求める人間関係だ。新しい出会いなどいらないし、本音を打ち明けるほど親しくもない人たちとうわべだけの関係を築く必要も感じない。いちばん近しい少数の人たちとの関係が、他人を寄せつけない独占的な関係であってほしいとひそかに願ってもいる。相関図はシンプルなほうがいいし、一対一ならなおのこといい。

さまざまなキャラクターが次から次へと登場する青春ドラマ風の友情は、内向型人間の好みではない。楽しそうな友だちグループに憧れもするが、やはり最後には、その中でもより親密な関係を求める。

　外向型人間がたくさんの人と同時に人間関係を結べるのは、そこに深い心の絆を期待しないからだと思う。進んで人に近付き、あっさり心を開くけれど、相手の世界に深く入っていこうとはしない。大切なのはみんなと時間を共有することで、だから浅い関係にも満足できる。そのため、そこそこ仲良くなった人がいっそう深い関心を求めてきたり、その関係を独占しようとしたりすると面食らうこともある。

　今になってわかるのは、どちらにせよ、生まれついた性格にしがみつくのは大人の態度ではないということ。

　進化心理学では、友人関係を、同年輩の者同士が忙しい両親に代わってつくる生存上の連帯とみなしている。思春期の頃、私たちが友人を自分の命と同じぐらい大切に思うのも、遠い昔、実際にそれが命に関わる関係だったからだというのだ。

　言い換えれば、友人やその関係にひどく執着するのは、

内面が子ども時代のままだということ。深いつながりにばかり執着するのも、たくさんの人との交流にばかり時間を費やすのも、お互いさま。なかには、大人としての成熟した関係を育むことができず、人間関係そのものを投げ出してしまう人もいる。

　幸いにも、14歳の内気な少女は大人になるにつれ、少しずつ関係の枠を広げていった。サンタに頼らずとも人間関係を通じて、ほしかったものをそれなりに手に入れられるようになった。ほんのちょっぴり、勇気を出したのだ。

　会う人が限られていて世界が狭すぎると、その中で起こることに必要以上に敏感になる。ささいなことにもムキになり、ちょっと構ってもらえなかっただけで胸を痛ませる。性格によって活動範囲はまちまちだろうが、狭すぎる世界で良好な関係を保つのは難しい。

　とことん共感しあうことはできなくても、一緒にいて楽しいならそれで充分。そう思い直すと、私とは正反対の外向型人間ともいい友だちになれることに気付いた。似た者同士でリラックスする代わりに、彼らからはパワーと驚きをもらっている。時には、外へ外へと放たれ

るそのエネルギーにただ乗りして、私も遠くまで旅に出る。

　人間関係について考えるときは、これまで学んだことを振り返ってみる。

　私、家族、その次が友だち。この優先順位を忘れないこと。

　自分は心を開いておく。そのうえで、相手には招かれたぶんだけ近付くこと。

　相手を自分の人生に無理やり招き入れようとしないこと。

　親密な限られた関係に依存しないこと。

　相手に多くを望まないこと。

　人生とは本来孤独なものであることを忘れないこと。

内向型人間が人間関係について考えるとき、自分に問うべきこと

- 付き合いが長いというだけで「いい関係」と言えるか?
- 長い付き合いの友だちを失くすことは、自分がいい人間じゃないことを意味するか?
- 好感がもて、コミュニケーション能力の高い人だからといって、必ず友だちになる必要があるか?
- そこまで親しくない人と浅い関係を続けることは、絶対に意味のないことか?

ガチャッ──
社会性スイッチが故障しました

　ほとんどが知らない人ばかりの集まりに出た。ホストがしっかり応対してくれさえすれば、そろそろこういった席にも馴染めるようになっているはず。そう思い、深く考えずに参加を決めた。

　ところが、他の参加者たちと雑談を交わしていたときのことだ。突然、そこで出会った人たちの顔がいっそうよそよそしく見えはじめ、彼らについて知りたいと思わなくなった。口を開くのも億劫で、早くそこから抜け出したかった。

　そんな自分に気付き、私はひどく慌てた。

　内向型人間の本性がそういった席で飛び出してくるのは久しぶりだった。

　人への好奇心が旺盛な私は、これまで"社会性オン"の状態で彼らの中に溶け込み、その関係がもたらす恩恵

にあずかってきた。そうやって徐々に、社会性スイッチを入れることに慣れていったのだ。いつからか、必要な状況になれば自然とスイッチが入り、機会が与えられるたびに人々と気さくに話すようになっていた。

　ところがその日は、いくら押してもスイッチが入らなかった。どういうわけか、私の社会性スイッチが故障してしまったのだ。

　なんとか作り笑いでその場をしのいだものの、帰り道で私は頭を抱えた。どうしてスイッチが故障してしまったのだろう？　その前年に、何度か知らない人たちを紹介されてひどい目に遭ったせいのような気もしたし、その日は風邪気味で元気がなかったせいのような気もした。
　悪夢のような経験が原因だとすれば、一大事だ。それこそトラウマと言うべきものだが、このまま永遠に引きこもり生活に入ってしまいそうで怖くなった。それなりに人生経験を積んだ人間が社会性スイッチを押せないことほど情けないことはない。ここへきて年甲斐のない大人になるなんて嫌だ。

何はともあれ、冷や汗をかいたその日からしばらくは、面識のない人や気難しい人がいそうな場はすべて避けた。代わりに、スイッチが故障した私でも快く受け入れてくれる気楽な人たちと、わざわざ時間をつくって会っていた。

　そんなとき、これまでのいきさつを聞いてくれていた知人が静かに口を開いた。

「ひょっとして最近、仕事で疲れてるんじゃない？」

　思いもよらない質問に戸惑いながらも、私はそのとき抱えていた仕事をひとつずつ思い浮かべてみた。締め切り間近の原稿が3つに、内容を決めなければならない講義が2、3個、イベントもあるし、さらにプライベートでは引っ越しを控えていた。仕事の山に押しつぶされそうなのに、どれも思うように進まずイライラしていた。

「仕事でストレスが溜まると、いろんなところで無理が出てくるよ。あなたの場合、そっちがおかしくなっちゃったんだね」

　そのとおりだったのか、しばらくして仕事が片付いてくると、社会性も無事に戻ってきた。

　人間の気力は、川の水ではなく井戸水に近い。一度に

たくさん汲み上げると枯れてしまい、再び満ちるまでに時間がかかる。内向型人間の場合、気力が尽きると真っ先に影響を受けるのが社会性だ。なぜなら、そこがいちばん多くのエネルギーを使うところだから。急に人付き合いがつらくなったなら、気力の蓄えが空っぽになっている可能性がある。そんなときは、自分に失望したり無理やり社会性を絞り出そうとしたりせず、気力と体力が回復するまで気長に待ったほうがいい。

　ガチャ、ガチャ、ガチャ……と故障したスイッチを押し続けていると、スイッチ自体が使い物にならなくなることだってあるのだから。

Q

もともと内気な性格ですが、明るく活発なふりをして生きてきました。そのおかげか、いつも周りにたくさん人がいます。でも時々、"ふり"が面倒になってひとりで静かにしていると、何かあったのかとしつこく聞かれます。理由をいちいち説明するわけにもいかず……外向型の人は黙っていたいときなどないんでしょうか?

内向的な人の
Q & A

A

外向型人間にも、殻に閉じこもりたいときはあります。ただ、その限界値は内向型人間よりはるかに高いでしょう（高すぎて内向型人間の目には無限に見えることもあります）。ごく身近な人なら、社会性スイッチを切って殻の中で休む内向型人間のサイクルを観察し、勝手に理解してくれます。

でも、そんな姿を見るのが初めてだったり、内向型人間のことをよく知らなかったりする人は、心配していろいろ聞いてくることもあるでしょう。うっとうしく感じるかもしれませんが、心配してくれる人が周囲にいるのはありがたいことでもありますね。

なので私の場合は、普段から周囲の人に、自分が殻に閉じこもる場合について話しておきます。「疲れると口を開くのも億劫になるので、喉を休ませるために」だとか、「ストレスが溜まると、週末に寝溜めしておきたいから電話は通じにくい」だとか。それでも聞いてくる人がいれば、「こういうときに声をかけることをマナーだと思っている人なんだなあ」と思って受け流しましょう。

私は本当に
成功したいのだろうか？

「BTS くらい世界中でブレイクできるとしたら、今からでもアイドルデビューする？」

　話題沸騰中のアイドルグループの記事を一緒に読んでいた知人が、ふいに言った。

「そりゃそうでしょ」と答えて当然のような気もするが、すんなり言葉が出てこなかった。正直なところ、今もどう答えていいかよくわからない。私自身はおろか、娘がアイドルデビューしてもおかしくない年頃なのに、それだけの人生経験を積んでも私はいまだにこのありさまだ。

　子どもの頃から、誰かに背中を押されればそれとなくこなすことができていたが、みずから進んで人前に出るのはまっぴらだった。得意なことがあって、それを認めてもらうのは嫌じゃないけれど、そこに至るまでの過程を考えると気が重かったのだ。生きていくうちに、成功

するにはそのためのステップを避けて通れないのだと気付きはじめると、私の気持ちは次第にぼやけていった。

　私は本当に成功したいのだろうか？

　経験を重ねるにつれてひしひしと感じるのは、人生そのものがマーケティングだということ。ここで言うマーケティングとは何か特別なものではなく、自分の長所をみずから示していくことだ。それは芸能人や商売人だけに必要なスキルではないのだとつくづく感じる。身近なところではSNSなどがそれに当たるだろうが、広い目で見れば、人に会ったり人を頷かせたりすることもマーケティングだと言える。

　フィールドにかかわらず、いくら飛び抜けた能力でも、自分からアピールしない限りは埋もれてしまう。「囊中の錐※」と言われるように、優れた人はおのずと目立つこともあるが、自己発信せずに成功するのは0.1％の天才か、宝くじに当たるほどラッキーな人でなければありえない。このごろの私が改めて思うのは、そこそこの才能なのであれば、それを啓発する努力と同じぐらい、外へ発信する努力をしなければならないということだ。

　成功という概念には、自己発信する努力と、有名にな

ることの副作用に耐えられるタフさも含まれている。そしてそれは、内向型人間にとってはいばらの道に他ならない。

　内向型人間の本音はこうだ。
「私がひとりで必死に何かを生み出したら、それが勝手に評判になって、成功に結びついてくれたらいいのに！そして私が進んで人前に出なくても、その成功がひとり歩きしてくれたら！」
　文字にしてみると、人生の甘い蜜だけを吸いたがっているように映るが、こういった欲望は誰の心にもあるはずだ。ただ、外向型人間に近ければ近いほど、自己発信することへの抵抗は少ない。反対に、大いに抵抗のある内向型人間が自己発信をするには、成功への欲求が抵抗をはるかに上回らなければならない。

　だからだろうか。内向型人間であるにもかかわらず、遅ればせながら積極的に自分を売り込んで成功街道を突き進んでいる人たちを見ると、その裏にはたいてい大きな動機がある。多くは、人生の大きな岐路に立たされ、どうしても成功が必要になった場合だ。自然にのし上

がったように見える有名人でも、その背後には、本来の性格に反して無理をしなければならなかった事情があったりする。どんなに内気な人でも、そのあいだだけは高波に乗るように、本来の自分からひょいと飛び出すのだ。

　私にも似たような経験がある。人生に嵐が吹き荒れ、生存本能以外のあらゆる自我は壊滅状態。自分の中の抵抗感など感じる暇さえなく、ひたすら成功を追い求めた。今は多少落ち着いたのか、成功したい気持ちが抵抗に勝りそうな気配はない。いまだに、夜中にふと目覚め、思い出すと眠れなくなる悩みを抱えてはいても。

　私も今では、目に見える勲章ばかりが成功ではないことを知っている。だから成功について、子どもの頃ほど軽々とは語れなくなった。その代わり、成功しているとは言えない自分の人生を悲しむことも、他人の人生が成功か不成功かをむやみに決めつけることもない。"他人から見た成功＝人生の成功"ではないことを、人生の節目節目で実感しているからだ。

　自己マーケティングをする営業マンになりきれていない私は、本来の自分から飛び出すほどの峠をまだ迎えていないのかもしれない。成功のために凄絶な苦しみを味

わいたいとはちっとも思わないし、かといって失敗したくもない私は、もう成功や失敗について考えることをやめた。

　本来の私にできる仕事をする。こつこつと、誠実に。そこそこの結果が出れば、私の欲求はこのぐらいなんだと満足し、運よく成功すれば天に感謝し、その副作用を受け入れる。これが私のプランだ。

※「優れた人は自然と凡人の中から突き抜けて、その才能を現す」という意味。

優れた人はおのずと目立つこともあるが、自己
発信せずに成功するのは0.1％の天才か、宝くじ
に当たるほどラッキーな人でなければありえな
い。このごろの私が改めて思うのは、そこそこの
才能なのであれば、それを啓発する努力と同じ
ぐらい、外へ発信する努力をしなければならない
ということだ。

内向的な人たちの野望

　昔から体が弱かった。これといった病名はないのだが、ちょっと無理をすると体にくるので、何をするにも一気に情熱を注ぐということができなかった。勉強だろうと、遊びだろうと。

　だから、人並みに生きるには誠実さが必要だった。勉強や仕事は毎日こつこつ進め、付け焼刃にならないよう前もって終える。1時間のウォーキングをしようと決めたときは、10分から始めて日に日に時間を延ばしていき、1時間歩けるようになるまで3ヵ月かかった。

　旅行に行くときも、飛行機のチケットは数ヵ月前に買っておき、こまめにプランを立てておく。すべて予定どおりにいくわけはないけれど、できるだけ準備しておかなければ、体力がもたず旅行もままならないのだ。

　けれど、恋する気持ちは一日単位に振り分けることができず、当時はそれだけで体に響いた。時が経ち、その

炎をうまく調節できるようになって初めて、恋はいいものだと知った。

　それでも"なりたい自分"というものは常にあったし、そのために努力したいと思っていた。よくある物語の、夢に身を焦がす主人公のように、若者らしい熱い日々を送りたかった。でも実際の私は、好きなことのために一日とて徹夜できないひ弱な人間にすぎず、暴れん坊の魂が貧弱な肉体に閉じ込められているような気分で日々を過ごしていた。

　かつてはこれらすべてを、単純に虚弱体質のせいにしていた。ところが周囲を見回してみると、私より体力のない人でも、必要なときには内なるエネルギーをうまく使いながら楽しくやっている。情熱とは必ずしも、健康な人や頑丈な人たちだけのものではないことに、私はやっと気が付いた。自分が生まれつきひ弱なだけでなく、燃費も悪いということを悟ったのは、それからずいぶん経ってのことだ。

　内向性の強い人は、普段からバテやすい。自分ではストレスに気付いていなくても、体がそれをキャッチして信号を送る。燃費が悪いために、エネルギーがすぐに枯

渇するのだ。こういう人は燃料タンクを覗きながらゆっくり走り、そのつど燃料を注ぎ足さなければならない。高速道路に入ったからといってフルパワーで走ると、ほどなくしてパタリとエネルギーが尽き、やむを得ず立ち止まる羽目になる。

こんな内向型人間に、野望なんて言葉は不釣り合いに思えるかもしれない。けれど、いわゆる成功している人たちの中には、意外にも多くの内向型人間がいる。以前、本の取材で成功者たちを訪ね歩いたことがある。インタビューをしてみると、むしろ内向型人間と呼べそうな人のほうが多かった。彼らに共通しているのは、ゴールだけを見据えてフルスピードで走るような生き方はしていないという点だ。

「ゴールは決めてあるのだから、そのうちたどり着くだろう」

そんな心構えで、目の前の道を少しずつ、着実に進む。実際に、根っからの内向型人間は、好んで何かを始めようとはしない。新しいことが一気に増えるなんて、考えただけで胸焼けがしてしまう。でも、何かのついでに生じたことなら、どうにかこうにか片付けていく。

こうした過程をくり返すうちに、望みどおりの場所に
たどり着いている自分を発見するのだ。

　アウトプットに強い外向型人間は、一気に爆発的なス
ピードを出して、さながら飛んでいくように見えるかも
しれない。だがそもそも、走る目的はゴールするためな
のだ。内向型人間が、80歳のシルバードライバーが運
転する車のようにのろのろ走り、たびたびガソリンスタ
ンドに立ち寄ったとしても、ゴールさえすればそれでい
い。
　みんなが成功する必要はない。でもどうせなら、人生
を自分の思いどおりに彩りながら歩んでほしい。それに
は案外エネルギーがいるけれど、非力な内向型人間に
だって充分できる。ちなみに、内向型人間は性能が高め
のナビを備えていたり、ナビの案内に集中するのも得意
だったりするため、しばしば外向型人間より早くゴール
することもある。確かなのは、その気にさえなれば、内
向型人間にも遠出の旅は可能だということ。
　ロウソクのような灯火でも、情熱は情熱。そんな小さ
な情熱でも、ちゃんとスタートできて、ちゃんとゴール
できる。それが人生なのだ。

野望を叶えた内向型人間たち

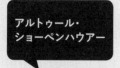
アルトゥール・
ショーペンハウアー

生涯、友人も恋人ももたず、母親と師を困らせてばかりいるひねくれ者だった。父親は自殺したが、母親はそれを父本人の問題と捉え、楽天的な作家として生きていた。そんな母親を恨みながら過ごした青年時代が、彼を孤独で陰鬱な厭世主義の哲学者にした。当時もっとも権威ある哲学者だったヘーゲルをけなし、自身の生の哲学のほうが優れていると唱えた彼は、根拠のない自信家にして引きこもりだった。

だがそんな彼も、人は他者と付き合うべきだと言い、定期的に村人たちを晩餐に招いて、彼らとはそれなりに交流していたという。

ヘーゲルより自分のほうが優れているという詭弁を弄し、そのせいで大学の教壇を追われた彼は、やがてヨーロッパ情勢の変化とともに本当にヘーゲルを追い抜いた。ただ、心臓麻痺で急逝したために、自分の野望が叶ったことをほとんど知りえなかった。

アンディ・
ウォーホル

大衆性をアートと結びつけた、ポップアートの創始者。ユニークなアート作品、著名人との交流、銀髪のかつらとサングラスというトレードマークで世界中の注目を集めた彼は、正真正銘の目立ちたがり屋だった。類を見ない世界観と天才ぶりのみならず、自己マーケティングの才能もあった彼はまさに生きる伝説だった。

だが実際の彼は、ひどく内気な性格の持ち主だった。子どもの頃はひとりで何日でも絵を描き続け、友だちと遊ぶことはほとんどなかった。望みどおり有名になってからも、その性格が変わったわけではない。銀髪のかつらとサングラスを着用したのも、自分が作り出したキャラクターの陰に本来の自分を隠すためだったという。胆嚢手術ののちに心臓発作で亡くなったときも、銀髪のかつらとサングラスをかけた姿で棺に納められ、そのまま埋葬された。

マハトマ・ガンディー

大規模な非暴力運動を率いた人物で、今も「インド建国の父」と呼ばれている。巨大な帝国主義に抵抗し、リーダーとしてインドの民衆を導いた彼が、内気で臆病な若者だったとは想像しがたい。だが、恥ずかしがり屋の彼は、友だちともうまく付き合えない少年だった。せっかく弁護士になったものの、初めて担当した事件では震えあがって弁論にならなかった。

しかし、稼ぐために渡った南アフリカで、インド人が不当な待遇を受けていることに怒りを覚えて抵抗運動に参加しはじめると、彼の態度に一連の変化が見られるようになる。ただ、民族運動に身を投じるようなってからも、ひとりで瞑想と沈黙の時間をつくることが多かったという。

フレディ・マーキュリー

イギリスの伝説的なロックグループの
リードボーカルで、独自のパフォーマン
スで広く知られている。軽快な動きで
ステージを練り歩きながら数万人の観
客のハートをわしづかみにする彼の中
に、内向型人間の影を探すことなどで
きるだろうか?

しかし、マーキュリーのそばにいた人た
ちは、彼がとても内気な人だったと証
言する。表で活動するとき以外は部屋
に閉じこもるのが常で、マスコミのイン
タビューも苦手だったという。また、ス
テージでのパワフルな姿とは裏腹に、
実際は繊細でナイーブな一面をもって
いた。ひとりきりの世界でアーティス
ティックなインスピレーションを得ると、
それを大衆に向けて表現するために、
ステージでのみエネルギーを爆発させ
ていたのだ。そんな彼は、必要なとき
だけ社会性スイッチを入れる内向型人
間の代表と言えるだろう。

第3章　ありのままの私をありのままに

猫と相性がいい理由

　かつてもっとも理解しがたかったのが、猫を飼うこと
だった。動物に不慣れということもあったが、少なくと
も犬なら、一緒に暮らす理由がまだわかる気がした。限
りない愛情を惜しみなく表現してくれる存在がそばにい
ることは、はたから見ても魅力的だった。

　でも、猫はそこまで人になつかないし、縄張り意識の
強い動物だ。動きもどこか気だるげで好きになれなかっ
た。もうネズミを捕る必要のなくなった人間がどうして
あの薄情そうな動物と暮らすのか、どうにも合点がいか
なかった。そんな私だったが、なんだかんだあって猫を
飼うようになったとたん、考え方が一変した。

「なんでみんな猫を飼わないんだろう？」

　知人の犬に会うことがあると、文句なしにかわいいと
思う。でも、犬ならではの強烈な愛情表現を前にすると

一日分のエネルギーを吸い取られそうで腰が引けてしまう。その愛情と喜び方に充分応えてやれない私は、罪悪感を覚えるのだ。犬のいる生活を何度も想像してみたけれど、私には無理だという結論に至った。

　魂の底から飼い主を愛する盲目性。

　向けられた関心に応えようとすれば、きりのないやりとりが続くに違いない。だけど私には、それに付き合える自信がない。というわけで、私は散歩する犬たちを見ながら、くすぐったくなるようなそのかわいらしさを遠目に楽しむだけで満足している。

　猫という生き物は、静かで、のんびりしている。食べること、排泄すること、毛づくろいに至るまで、よほどのことがなければ人の手を借りようとしないし、一日のうち16時間を寝て過ごす。そして、飼い主に興味がなさそうに見えても、気が付くとそばにいる。私がリビングから書斎に移動すると、いつの間にか付いてきて机の上で寝ている、といった具合に。やがて仕事が終わり、ちょっと余裕ができたことを察知すると、初めて「ニャア」と声をかけてくるのだ。一緒にいながらもお互いへの刺激を最小限にとどめる姿は、私に似ている気がする。

内向的な人のコミュニケーションがそうであるように、猫とのコミュニケーションも一局集中型で中身が濃い。いちばん親しい人たちだけに愛情を示し、他人がいるときはそれを隠して知らんぷりを決め込むことさえあるのが猫という生き物だ。かわいらしく甘えん坊なのは犬と同じだが、その愛情表現は控えめでさりげない。

「ひとりで集中できる時間が確保できないのなら一緒には過ごせない」と考える私にとって、猫はもっとも理想的なルームメイトだと感じることが多い。一日のほとんどをそれぞれのプライベートを楽しむことに使い、時折目が合えば喜べる関係。それがお互いに心地いい。猫となら、ソウルメイト同士であれば可能だという "離れていてもつながっている" ような関係性もさほど難しいことではない。

そして最大の長所は、私の前だからといって自分が嫌なことは我慢しないという点だ。抱っこされたくないときはもがいて逃げ、おやつのためにいやいや愛嬌を振りまくこともない。敏感な人間に生まれ、これ以上気を遣うことを増やしたくない私にとっては、とてもありがたいことだ。

私に気を遣うあまり、相手が何か我慢していないか。それが気になって、こちらもまた気を遣う。そんな関係は人間同士だけで充分。もし猫に言葉が話せたら、いちばんよく口にするのはこんな言葉じゃないだろうか。「私は大丈夫。自分で勝手にやってるから」。

　仕事柄、ほとんどの時間をひとりで過ごす私は、作業が長引くと書斎や仕事部屋を抜け出してカフェに向かう。ひとりでいたいけれど、本当にひとりぼっちは寂しい。そんなとき、"私の邪魔をしない他人"に紛れるのにうってつけの場所がカフェなのだ。ところが、猫と暮らしはじめてからはめっきり足を運ばなくなった。私がカフェに求めていたものを、猫が与えてくれるから。もしも今、私がカフェにいることがあるとしたら、それは寂しいからではない。家ではとうてい仕事がはかどらないから、環境を変えてみようとあがいているだけのことだ。

　3年以上同居しているわが家の猫をじっと観察していると、知らなかった自分の一面や、自分以外の内向的な人たちが理解できるようになる。内向型人間と外向型人間は、他者への近付き方がまったく異なる。だから、内

向型人間は外向型人間に違和感を抱くのだが、かといって、同じ内向型人間ともなかなか仲良くなれない。関係とは、どちらか一方が近付くことによって成立するものだから、お互いが内向的だと距離を縮めるのに時間がかかるのだ。そんなときはたいてい、より内向性の低いほうがおのずと積極的に振る舞うことになる。だから私は、猫といるとき、少しだけ外向的になる。

　静けさを分かち合いながら、ふいに感じる空気の動きだけで、お互いの存在を充分に確かめられる。それほど素晴らしい関係はない。

ディナーの約束をしない理由

　人と会うのはランチの席が多い。仕事のときはもちろん、親しい知人と会うときも。相手が夜しかダメだとか、「今日は飲むぞ！」というときじゃなければ、自分から「昼間にしよう」と提案する。夜に会うのは、少なからず負担を感じるのだ。

　疲れるから、という単純な理由ではない。それは他でもない、"人"という刺激によって、ほっと休める夜の時間が侵害されるからだ。

　総じて敏感な内向型人間は、"人"こそがこの世でもっとも強烈な刺激だと知っている。その他の刺激は一方的に入ってくるもので、疲れてくれば遮断すればいい。でも、人だけはそうはいかない。刺激が双方向に、同時に起こるため、疲れも2倍になり、人の数が増えればそれだけ刺激も増える。

夜遅くまで"人"という刺激を受けると、その日はなかなか寝付けない。神経という神経が逆立ち、その興奮はベッドにまで付いてきて眠りを妨げる。だから、誰かと会うのは昼間にして、夜までにひと息つく時間が必要なのだ。

　もしもディナーの席がとても楽しかったり、そこで今までになく興味深い人に会ったりでもしたら、その夜は100％眠れないと考えていい。コーヒーを10杯飲んだかのように鼓動が速まり、少し前の会話を何度も何度も思い出す。ディナーの席で印象的だったシーンが、脳内のスクリーンに次々に上映される。そうするうち、寝るタイミングをすっかり逃してしまうのだ。こんなふうに眠れない夜があると、その後遺症が数日間続くことは言わずもがなだ。

　私の場合、昼間は書き物をすることが多いので、夜の時間を利用したほうが一見効率がいい。にもかかわらず長い目で見れば、いっそ仕事に半日穴を空けたほうがよっぽど効率的なのだ。

　こんなときのお助け役と言えば、アルコールが定番だ。

ちょうどいい酔い加減は交感神経を抑制し、疲れや張り詰めた神経をなだめてくれる（"ちょうどいい"が何より大事！）。お酒を飲まないディナーに参加するとなぜ余計に疲れるのか、かつての私はわからなかった。

　だからだろうか。内向的なビジネスマンの中には、お酒が入ったときにだけ大事な話をする人がずいぶんいるように思う。提案や深い話をするのはお酒の席だけで、昼間のしらふのときには雑務だけをこなす、という具合に。以前はこれを、相手を油断させるための戦略だとばかり思っていたが、実際は違った。それは相手のためというよりも、自分自身のためだったのだ。お酒を介して、人とのコミュニケーションという強烈な刺激に対して鈍感になることで、"説得する"緊張と"拒絶される"恐怖を少しでも和らげようという、けなげな努力なのだったのだ。

　こうしてアルコール中毒に近いところまでいってしまった人をしばしば見てきた。どうか、これをノウハウとして受け止める内向型人間がいないことを祈っている。こういった人たちの中には、しらふの状態ではほとんど会話にならない人も多いのだ。お酒に依存するより、必要に応じて"社会性スイッチ"を入れ、本来の自分から

切り替えたほうがいい。そうして自分自身を守りながら結果を出してきた人を、私はたくさん知っている。

　ディナーの約束は、正反対の2つの感情を抱かせる。

　実際、刺激を受けることは悪いことばかりじゃない。ひとりで書き物をするのが日常である私にとって、人との約束は暮らしの中の大切なイベントだ。『星の王子さま』に出てくるキツネは、「君が夕方の4時に来るなら、僕は3時から幸せな気分さ」と言うが、私は少なくとも1日前からわくわくしている。ディナーの約束だからといって、そのわくわくが減るわけじゃない。でも、やむを得ない事情でその約束が中止になると、それはそれで嬉しい。思いがけず静かな夜を迎えられることにほっとし、いつにもまして穏やかな時間を過ごすのだ。

　内向型人間でなければ理解できない矛盾だろう。

　自分の中のそんな矛盾が理解できず、当然の疲労感から目を背けていた時期もある。人と会ったあとの帰り道でどうしてわけもなく虚しくなるのか、当時はわからなかった。でも今思えばそれは、そこで得たものより失ったもののほうが大きかったことへの失望だったのかもし

れない。外向型人間の場合、同じ状況で失うものがない
ぶん、期待する気持ちもまた少ないように思う。

　やみくもに約束をしていた昔よりは、失うものと得る
もののあいだでバランスをとれるようになった今のほう
が、人と会うことがずっと価値あるものに思える。

　今週は約束なし。来週は約束あり。しめしめ、この一
週間、存分にわくわくを味わおう。

冷酷な犯罪捜査ものが好きなわけ

　テレビを点けっぱなしにしておくことはほとんどないが、何か見たいときは犯罪捜査ドラマを見ることが多い。死斑（死後、心臓が停止すると、重力によって血液が体の下側となった部分に沈降し、そこに紫赤色などの斑点が現れたもの）、ルミノール（血痕の鑑識に使われる窒素化合物）、ライフリング（銃身の内部にあるらせん状の溝。発射された弾丸を顕微鏡で見ると、その跡から銃を特定できるため"銃の指紋"とも呼ばれる）などの用語を無駄に知っているのも、そのためだ。

　なかでもアメリカのドラマシリーズをよく見るのだが、その光景を前に、知人たちはしばしば目を丸くする。まずは犠牲者たちの多種多様なむごい死に方に驚き、次にそんなドラマを楽しそうに見ている私に驚く。私みたいな人間は、もっと情緒豊かなドラマを見そうだと言うのだ。刺激的なことを嫌う内向型人間には、犯罪捜査もの

は似合わないらしい。

　でも、彼らが見過ごしていることがある。文化コンテンツとして作られたストーリーには必ずある種の刺激が含まれているが、その刺激が心に訴えかけるものではない場合、後遺症は少なくて済むのだ。

　捜査ものは普通、死体が見つかるシーンから始まる。冒頭で犯罪の様子が描かれることもあるが、それも事件についての暗示にすぎず、犠牲者の人生まではわからない。つまり、犠牲者は視聴者である私と、なんら共鳴する部分はない。犯罪はひとつの謎かけにすぎず、私が犠牲者の死に悲しみ、心を揺さぶられることはないのだ。

　このように、自分とのあいだに一定の距離があれば、どんなにむごい死体や残骸が登場しても平気だ。そして主人公たちは、悲惨な光景に立ち会っても自分のやるべきことをきびきびとこなしていく。彼らのドライさは、「これらの恐ろしい事件は、自分とは一切関係のない作り話にすぎないのだ」という安堵感さえ与えてくれる。

　私が本当に残酷だと感じるのは、ズタズタの死体といった結果物ではなく、どっぷり感情移入していた登場人物が死んでしまう、なんて設定だ。だから同じ捜査も

のでも、比較的感情移入してしまいがちな"韓国産"ドラマは、心が安定しているときに見るようにしている。

　質の高い文化コンテンツは、それを楽しむ人々をとりこにし、夢中にさせる力をもっている。そして、視聴者を魅了すればするほどに賛辞を浴びる。でも、そういった世界観にハマりやすい視聴者は、作り手がしかける巧みな心理トリックを前に、無防備状態にある。そこそこ楽しんで「ハイ、さようなら」というわけにはいかず、大きなショックを受けるのだ。ドラマは真実の一面を見せてはくれるが、それが自分の人生にどれだけプラスになるかは別問題だ。

　それに比べると、一見残酷な犯罪捜査ものの世界は、実はシンプルかつ公平なユートピアだ。事件が起こり、犯人が捕まる。視聴者の興味を駆り立てる葛藤という要素は、人間ではなく事件そのものが引き受ける。殺人という絶対的な罪を扱いながらも、人間のもっともむごい面について深入りすることはない。

　そして、非道な事件を前にしても毅然と人間性を保っている捜査官たちから、絶えずこんなメッセージを送ってもらっている気になるのだ。

「どんなに悪意に満ちた世の中でも、一歩下がって見て
みれば、ほら、大丈夫」

　もしかすると私は、ときどき人生から一歩遠ざかりた
くなって、捜査ものにのめり込むのかもしれない。

　小学生の頃、どういうわけかすでに人生に疲れていた
私は、シャーロック・ホームズ全集のとりこになった。
本や図書館がまだまだ珍しかった時代、自分で本を買う
こともできず、ピアノ教室で先生の視線をひしひし感じ
ながら、本棚にしがみついてばかりいた。決して事件に
圧倒されることなく、着々と事件の核心に迫っていく
ホームズは、世の中に怯えきっていた少女にとって憧れ
の存在だった。

　それならもう少し勇敢に育っていてもよさそうなもの
だが、私はいつまでたっても臆病なまま。だからこの世
でいちばん怖いもの、すなわち〝死〟を前にしても軽口
を叩けるくらいの、肝の据わった分身が必要なのかもし
れない。

　人生という大きな謎が重くのしかかってくるとき、私
は、血だらけの事件現場にじっと立っている捜査官に

なったつもりで周囲を見渡してみる。

　事件現場とは、感情を通して見ると凄惨な出来事の痕跡だが、個別に見れば単なる物質であり証拠にすぎない。現実の中で私を苦しめる出来事も、そうやって捜査官の目線で見れば、なんとか耐えられそうな気がしてくる。どんなに身も蓋もない描写でも、そこに救われている人間は確かにいるのだ。

　そうだ、今日は仕事を早めに切り上げて、今ハマっている捜査ものの最新話を見よう。ビール片手に解剖シーンに見入るという楽しみを、久しぶりに味わうとしよう。

非道な事件を前にしても毅然と人間性を保って
いる捜査官たちから、絶えずこんなメッセージを
送ってもらっている気になるのだ。
「どんなに悪意に満ちた世の中でも、一歩下がっ
て見てみれば、ほら、大丈夫」
もしかすると私は、ときどき人生から一歩遠ざか
りたくなって、捜査ものにのめり込むのかもしれ
ない。

失恋した脇役は
なぜ海外へ行くのか

　ここに、恋愛ドラマには欠かせない三角関係があるとする。2人の女性が同じ男性を好きになることもあれば、2人の男性が同じ女性を好きになることもある。時には両方のことも。どちらにせよ、必然的に主人公の男女が結ばれると、恋敵であった脇役たちは海外へ去っていくことが多い。

　そこには、主人公の男女が結ばれたことを強調する意味もあるが、別の意味もある。「しょせんは脇役、恋をものにすることはできなくても、この国でくよくよするより海外で自分を慰めたら？」という視聴者の気持ちを代弁しているのだ。一般的に、海外へ出ることや旅をすることは、気分転換や休息を意味するからだ。

　ある日のドラマで、失恋して飛行機に乗り込む脇役を見ていたとき、ふとこう思った。もしも私があの子の立場なら、飛行機で見知らぬ土地へ渡るだろうか？

考えただけでゾッとした。

　私にとって旅行とは、暗い気分を変えるためのものではない。いちばん元気で心軽やかなときに、さらに楽しいものを探しに行くためのものだ。

　ぱっと見には、新しい環境が過去の嫌な経験を忘れさせてくれそうだが、そうとばかりは言えない。

　ずいぶん前に、傷付いた心を慰めようとひとりで旅行をしたことがある。気乗りはしなかったが、いざ行ってみれば気分も変わるだろうと勇気を出した。でも、そんな気持ちはみごとに裏切られた。入国ゲートで受けた人種差別はやけに胸にこたえ、そこかしこに潜むハプニングは、楽しいイベントではなくアクシデントとしか思えなかった。見知らぬ土地にいるあいだもつらかったが、帰国後はその後遺症と、旅行前と変わらない現実にいっそう追い詰められた。

　新しい環境に適応するには、ストレスに耐えられるだけのパワーが必要だ。でも、失恋などの痛手ですでに枯渇状態のときは、ささいな試練にも何倍ものストレスを感じる。

　私たちは海外に出ているあいだも、ほとんどの時間を

日常に費やす。地球の裏側でコスタリカのコーヒーを飲んでいても、彼と過ごした日々のことを思い出すかもしれないし、北極でオーロラを見ても、呆れるほど寒がりな彼が着ていたダウンジャケットのシルエットが思い浮かぶかもしれない。地球を離れて、無重力状態の宇宙ステーションでまったく違う日常を過ごせば話は変わるだろうか。

ドーパミンの分泌による刺激が大好物の外向型人間なら、新しい刺激や冒険は、過去の悲しみを打ち消すのにいくらか役立つかもしれない。でも、"安定"の中に幸せや喜びを感じることの多い内向型人間にとっては、旅行という刺激がさらなる苦痛となることもあるのだ。

もしかすると、私たちに必要なのは「その問題から離れる」という意識なのかもしれない。それなら、新しさというプレッシャーだらけの見知らぬ地へわざわざ旅立つ必要もないのではないか。

私は、消してしまいたい記憶ができると、いつもの場所で変化を試す。手っ取り早いのは、物を捨てること。

小さなストレスを感じたときは要らない書類や使わな

い文房具、より大きなストレスのときは服、人生が揺さ
ぶられるほどのストレスにぶつかれば家具を捨てる。も
ちろん手当たり次第というわけではなく、必要最低限の
ものは残して冒険をするのだ。

　時には、未体験の味覚を求めてグルメツアーに出たり、
それとは逆に、運動や小食を実践して体重を落としたり
することもある。

　何かを忘れたいのなら、"今ここ"から逃げるのでは
なく、"過去の自分"を振り捨ててみてはどうだろう。
旅という物理的な移動がそれにつながる人もいるかもし
れないが、私のような典型的な内向型人間には当てはま
らない。

　旅という貴重な経験への投資は、苦労を買ってでもし
たいと思うほど元気なときのためにとっておきたい。

とびきりいいことが
あったときの内向型人間

「何があったら今すぐ幸せになれる？」

　そう聞かれると、多くの人は「宝くじに当選したら」と答える。

　でも、それって本当だろうか？

　私はここで"NO"と答えるつもりはない。でも少なくとも、内向的な人は"とびきりいいこと"が起こったとき、それがすぐさま幸せにつながるとは限らないことだけは確かだ。

　私も人生の中で、とびきりいいことが何度かあった。すぐに思い浮かぶのは、自著が中国でベストセラーになり招待されたときと、小学校に適応できるか心配していた娘がハキハキ発表している姿を初めて見たとき。この2つが同列だとはわれながら不思議だが、とにかく気持ちの面ではそうだった。片思いしていた相手から突然告

白された、なんて経験があればぜひ追加したいものだが、残念ながらそんな経験は微塵もない。

　いいことがあると嬉しくて胸がいっぱいになるに決まっているが、この"胸がいっぱい"というのが罠なのだ。鼓動が速まり、エナジードリンクをバケツ１杯飲んだような気分になる。何も手に付かず、かといってじっとしてもいられない。全神経が昂ぶり、一向に落ち着かないのだ。激しく打ち震えていた感情はやがて頭痛に取って代わり、ついには嫌な気持ちになってしまう。

「え？ どういうこと？」

　きょとんとしながら、なんとも言えない不幸せな気分で過ごすことになる。

　幸せというものは、とびきりいいことがあった直後より、むしろずっとあとになって訪れるのではないだろうか。その出来事がもたらした成果を少しずつ体感したり、距離を置いて嚙みしめたりするときになって、初めて幸せだと感じるのだ。

　私たちはよく、絶頂期を味わって引退した著名人は寂しい余生を送っているのではないかと考えがちだ。でも実際、第一線を退いた過去の著名人たちに会ってみると、

意外にも以前より満足そうに過ごしている姿を目にする。以前、ある分野でトップに上り詰めた人からこんな言葉を聞き、なるほどと思った。

「一度はトップに立ったでしょう？　当時は気付きませんでしたが、その経験、その記憶は何物にも代えがたいものです。あいつは落ち目だ、なんて言われても、私は今とても幸せなんですよ」

とびきりいいことがあっても、それ自体を幸せとして噛みしめられる人は、実はさほど多くないのかもしれない。今この瞬間、私たちが仰ぎ見るほどの高みにいて、星のように輝いている人たちでさえも。

もちろん、とびきりいいことがあれば嬉しいけれど、それは幸せになるための必須条件ではない。トップに上り詰めた人でさえ、当初の衝撃が薄れ、日常に戻った頃になって幸せを噛みしめると言うのだ。それなら、私たちが今足を付けて立っているこの日常においても、幸せを感じることはできるはず。外部環境の変化に敏感な内向型人間ならなおさらだ。

小さな喜びは、大きな喜びのひとかけら。そう考える人なら、何気ない日常にも幸せを見つけられるはずだ。

「どんなときがいちばん幸せか」と聞かれて、こう答えたことがある。「昼食後、家族と食卓を囲んでコーヒーを飲んでいるとき」だと。私にとって幸せな光景とは、なだれのような幸運が訪れたときではなく、日常の中にある。

　そう気付くことは、とても効率的なことでもある。人生に一、二度あるかないかの瞬間を待ち望んでばかりいて、日常に散りばめられた幸せをキャッチできないなんて、ものすごくもったいないからだ。

退屈な人生に見えますか？

　休日にすることといったら読書くらいだという、若い女性がいる。そんなある日、自分とはまったく違う、はじけた生き方をしている友だちができて、その子と一緒にワクワクドキドキの経験をする。そして彼女は新しい自分を発見し、明るい世界へと踏み出していく……。

　どこかで聞いたような話だと思った方？

　ひとりでいるのが好きな"はぐれ者"が登場するシナリオには、お決まりの流れがある。人生を謳歌できないでいる内気で臆病な人間が、外向型人間にその窮状を救われ、新しい世界に踏み出すというものだ。なかでもハリウッド産の物語はその傾向が強く、内気さを社会不適応因子だとみなすアメリカの感性がたっぷり詰まっている。

　でも、ちょっと聞いてほしい。内向型人間は、自分の

殻を破る勇気がないから仕方なく退屈な人生を送っているわけじゃない。はた目には退屈で暇をもて余しているように見えても、本人は充分に楽しんでいるのだ。ましてや、誰かに救ってもらわなければならないような悲惨な暮らしをしているなんて、誤解もいいところだ。

　正直、私は退屈を感じたことがほとんどない。子どもの頃、常に夢見がちだった私は、車で長時間移動したりひとりで長距離を歩いたりすることがあっても、一度も退屈だと感じたことがない。市場の入り口にある小さなマンションに住んでいた頃は、窓辺にかじりついて、行き交う人々を何時間でも眺めていた。事件らしい事件が起きなくても、世界は常にうごめき、移ろい、いつでも私を楽しませてくれた。
　それは大人になってからも同じだ。ある友人に、アルコールとダンスに代弁される夜の街へ出かけてみようと誘われた。そうすれば流行に後れることなく、マジョリティに属する人間として、悔いのない青春を満喫できそうな気がした。
　でも実際に足を運んでみると、そういった場所は、予測不能な刺激を寄せ集めたような空間だった。大げさな

照明や音楽、濁った空気で埋めつくされ、一緒に行った人たちと会話することもできなかった。おそらくそれが、成人して初めての"退屈な"瞬間だったと思う。

　同じような理由で共感できないのが、ぶっ飛んだ刺激をみずから体験したがる人々の心理だ。ホラー映画、バンジージャンプ、スリル満点のアトラクション、エクストリームスポーツなんかにしびれると言うのだが、そんな強い刺激がほしいと思ったことがないのだ。ただでさえ人生は危険や刺激に溢れているというのに、どうしてそんな臨死体験をあえてしたがるのだろうと首を傾げてしまう。

　私にとって非日常的な刺激とは、たとえばこんなもの。

　普段は食べないメニューを食べてみる。

　近寄りがたいけれど親しくなりたい人にメールを送ってみる。

　華やかな服を着てみる。

　知らない人たちに親切にする。

　旅行。どんなかたちであれ、とりあえず旅行。

　ここまで考えただけでも、すでにアドレナリンがみなぎってくるようだ。

単調な暮らしをしていそうな内向型人間のほうが、実はより楽しい人生を送っている可能性は高い。日常の小さな刺激では事足りない外向型人間は、イベントやら何かを達成したときやらに楽しいと感じることが多いが、内向型人間はその沸点が低いため、より小さな努力で喜びを味わうことができるからだ。実際、内向型人間は休んでいるときでさえ脳が活発に働いているという。

　しょっちゅうイベントをしている人たちを見ると「楽しそうに生きてるなあ」とうらやましく思う一方で、もし彼らのように生きられるとしても、そんな生き方に満足できないタイプも存在するというわけだ。

　私が新しいことや刺激的なことに挑戦するのは、それ自体を楽しんでいるからではなく、人間として成長するうえで必要だと思うからだ。だから、なるべく反動を減らすために慎重に動く。はたから見れば動いているのかも疑わしいほどだが、それなりに大きな冒険をしているカタツムリのように、ゆっくり、ゆっくりと。

B

オンライン講座で絵を習っています。時間と体力を使って教室に通う気にはなれないけど、これなら先生の前で恥ずかしい思いをすることもないので気楽なんです。完成した絵をSNSにアップするときは、自画自賛したい気分です。

H

多肉植物を育てています。スペースをとらないし、すごくかわいい。会社勤めをしている私は家を空けることも多く、体力にも自信がないのでペットはムリ。思ったよりコツがいるし育つスピードも遅いけど、手をかけてやれば長生きするし、運がよければ花も見られるんですよ。

内向的な人たちの
ささやかな
楽しみは？

M

ペンネームでウェブ小説を書いています。もともと書くことが好きだったけど、他人に見せるのは恥ずかしい。仕事の傍ら書いているだけで、腕が認められているわけでもないので、時間があるときに書きためて定期的にアップしています。ものすごい反応が返ってくるわけじゃないけれど、自分の作品を好きでいてくれる人たちがいることにびっくりしています。小説を最後まで完成させることが目標です。

J

平凡すぎるかもしれないけど、読書です。意外にも、最近は本を読む人が少なく、本をたくさん読む人のほうが変わって見えるみたいですね。なかでも、深みがあって、少し難しい本が好みです。本を読むと、社会生活で疲れた心が癒される気がするんです。考え方の幅が広がり、何かつらいことがあっても、違う角度から考えられるようになります。数日でいいから何もせずに本を読んでいたい、それが最近のいちばんの願いですね。

私にあまり
構わないでください

　誰かと食事しているとしよう。相手は瞬時に箸やナプキンをセットしてくれ、水を注いでくれる。食事中も、私がよく手を伸ばす料理は私の前に移動させ、私好みのおかずがなくなりそうになると、気を利かせて店員におかわりを頼む※。スープが空になると、いつの間にかたっぷりの具と一緒に注ぎ足してもくれる。

　こんなふうに細やかな気配りをしてくれるのは外向型人間？ それとも内向型人間？

「やっぱり、他人の気持ちに敏感な内向型人間じゃない？」と思うかもしれないが、日常においては少し違う。こんなふうに躊躇なく気配りができるのは、おおむね外向型人間に近い人だ（内向型人間は、普通の人には気付かれにくい"消極的な気配り"をするのに長けているからだ）。すべての外向型人間に"積極的な気配り"がで

きるというよりは、そうしようと決めた人の姿勢がこういった形で現れると言える。

　食事の席で前述のような気配りしてくれる人に対して、私は好印象を抱く。それだけ自分のことを考えてくれているのだと、ありがたくもなる。もったいないと思うくらいに。でも一方では、気配りがエスカレートするにつれ、心の中に嵐が吹き荒れはじめる。

　相手がいちいち私の食事に構っているかと思うと、全神経が、舌ではなく相手の手に集中してしまう。その人が分刻みで私に何かしてくれるということは、私が食べる様子をずっと意識し、観察しているということだ。
「女性にしてはよく食べるなあ」
「お肉が好きみたいだ。スープは具だけ……」
　相手の脳裏に私の食べ方が記録として刻まれるというのは、いい気がしない。

　はたまた一方で、相手にばかり気を遣ってもらう自分は無礼なんじゃないかという心配が頭をもたげはじめる。
　内向的な人にとっては、いいことをしてくれるより、嫌なことをしないでいてくれるほうがずっとありがたい

配慮なのだ。自分が嫌なことは相手もそうだろうと気配りは最小限にとどめるのだが、相手に積極的な気配りが見られると、とたんにどうしていいかわからなくなる。

「私も何かしてあげるべきなんだろうけど、何をどうすればいいんだろう？」

そうやって中途半端に相手の行動を真似するうちに、ふと微妙な気持ちになる。

「これって、相手に配慮しているわけでも、配慮してないわけでもないんじゃない？」

誰かに構うということは、相手が嫌がるかもしれないというリスクを抱えることでもあり、したがって勇気のいることだ。気持ちに敏感な内向型人間は、相手を窮屈にさせるリスクを侵してまで点数を稼ぐよりは、減点にならないよう気を付けることで満足する。相手に自分の本音や魅力を伝えるのは、あとからゆっくりやればいい。

内向型人間の消極的な気配りは、フラットな状態から上乗せしていくときより、不足を埋めていくときにその真価を発揮する。へこんだところを埋めてあげる作業は、誰にとってもありがたいことだからだ。

時には、どんなタイプかに限らず、気配りを窮屈に感じる相手の気持ちまでもキャッチして、さらなる気配りをする人がいる。それはもはやアートの域だ。彼らには度重なる試行錯誤と経験から抽出した高度なマニュアルがあるのだと、ひと目でわかる。彼らのほほ笑みを見るたびに、そういった気配りを練習させ、習得させたのだろう渡世の過酷さに、胸の片隅がチクリとする。

　こんなふうにそれぞれカラーは異なれど、いったんその関係が気楽なものになれば、どんなかたちの気配りであってもそれなりの温もりを感じるようになる。やりすぎの人には面と向かってやめてくれと言えばいいし、人に構うのが習慣になっていてそのほうが落ち着く人には黙ってやらせておけばいい。そして私もまた、ぎこちない気配りでも受け止めてくれる彼らに、もう少し積極的な気配りを試してみるのだ。
　ただ、こちらが遠慮しているのに、小さな気配りをしきりに押し付けながら恩着せがましく振る舞う人には注意するようにしている。その見返りに何を望んでいるのか恐ろしくなるからだ。

※韓国では添え物のおかずはおかわりできることが多い。

泣いてるときは
ひとりにしてほしい

　友だちと一緒にいるとき、悲しいニュースが届く。あなたは悲しみに暮れて思わず涙を流す。そんなとき、泣いているあなたは、友だちにどう接してほしいだろうか。悲しむあなたに寄り添って慰め、一緒にいてあげたほうがいい？　それとも、ひと言ずつ慰めの言葉をかけてからひとりにしてあげたほうがいい？

　現実においては、外向的な人と内向的な人が友人同士の場合、状況の受け止め方が異なっていて、お互いに寂しく思うようだ。

「泣いてる私をひとりにして行っちゃうなんて！」

「私ならひとりでいたかっただろうから、同じだと思って……」

　"慰め"と聞けば、私たちが思い浮かべるのはたいてい前者だが、内向型人間が望むのは後者だ。

涙を流すという行為は、私にとっては非常にプライベートなことだ。いくら親しい人でも、泣いている姿を見られたくはない。目を真っ赤に腫らし、鼻水を垂らして泣く姿は、われながら目も当てられない。誰にも見られない場所でティッシュをわんさか使いながらわんわん泣いて、すっきりしてしまいたい。そうやってひとりにしておいて、目の腫れが治まった頃、一緒においしいものを食べながら楽しいひとときを過ごしてくれるとありがたい。

　極度のストレスの中にいても、私の場合、ひとりの時間に回復することが多いようだ。他人の気持ちを無視できない内向型人間は、そばに人がいると、相手に気を遣うあまり自分の悲しみを顧みることができない。誰にも気を遣わず、自分なりのやり方で痛みに向き合えるひとりの時間を過ごして初めて回復できるのだ。
　子育て中にいちばんつらかったのは、何日も眠れなかったり、友だちにも会えず家に閉じこもったりしていたときではない。自分を慰めたいのに、ひとりでいられなかったときだ。世間に疲れたとき、子どもの笑顔を見ればあらゆる胸のつかえがとれる、という育児の先輩た

ちの言葉は、少なくとも私には当てはまらなかった。も
ちろん子どもはかわいかったけれど、ひとりで悲しみに
向き合う暇を与えてくれないその存在に、相反する感情
を抱くことも多かった。子どもの存在は、喜びを二倍に
もすれば、悲しみを二倍にもした。

　もちろん、こういったタイプの人間だからといって、
つらいときに誰かにいてほしくないわけではない。失意
の中で傷付いた心を慰めながらひとりの時間を過ごした
ら、今度は外へ出て、誰かと過ごしながらその余韻を吹
き飛ばす番だ。そんなとき、一緒に楽しんでくれ、心の
傷を笑顔で包み込んでくれること。ある人たちにとって
は、それがこの上ない慰めになる。
　じゃあ、慰めが必要な人が目の前にいたら、私たちは
どう見極めて態度を決めればいいのだろう？

　娘は5、6歳の頃、本人も嫌気が差すほどの泣き虫だっ
た。何かの拍子にぐすぐす泣きはじめると、私は娘に聞
いた。
「自分の部屋で泣いてくる？　それとも、ママに抱きし
めてほしい？」

そんなとき娘は一瞬泣きやんで考えると、たいていは
ひとりで泣くことを選んだ。すると私は、思う存分泣い
てきなさいと励ましながら、娘を部屋へ行かせた。知人
たちはそんな場面に居合わせると、目を丸くした。泣い
ている子どもをあやしてやるのではなく、ひとりで泣い
てこいと部屋へ行かせる私は冷たい母親に見えただろう。
でもそのたびに、娘は部屋の外まで響くほどの大声で好
きなだけ泣いたあと、鼻だけは真っ赤にしながらも、断
然すっきりした顔で出てきて普段どおりに遊ぶのだった。
私に似たのか並外れて内気な娘は、そういう時間が必要
な子だった。

　慰めが必要な人がいたら、最初にはっきり聞いてあげ
るのはどうだろう。

「一緒にいてあげたほうがいい？」と。

寡黙な美容室のお得意さまです

　数ヵ月に一度通っていた小さな美容室があった。家から近く、髪にやさしい成分を使っているので通うようになったのだが、ある日行くと、前の美容師は店をやめていた。別の人に頼むのはいささか不安だったが、予約したとおりにお願いし、いつものように雑誌を開いた。

　ところが、不吉な予感は意外なかたちで当たった。その美容師は、信じられないくらいおしゃべりだったのだ。はじめは無難に受け答えしていたものの、すぐに疲れてしまった。私は適当に受け流し、雑誌に見入ることで自分の意志を伝えようとした。でも、おしゃべりは止まる気配がない。このレベルになると、「静かに過ごしたい」と口で言っても、こちらに悪意がないことをわかってもらえないかもしれない。仕方なく、相手に合わせてふんふんと頷きながら、永遠とも思われる時間に耐えた。

　本音を言えば、何時間ものあいだ、他人の子ども自慢

や、会ったこともない他の客の家庭事情など聞いていたくはなかった。頭痛がしはじめ、美容師が触っているのが自分の頭なのか他人の頭なのかもわからなくなってきた頃、やっとのことで中世ヨーロッパの拷問椅子のような椅子から逃れることができた。出来上がり自体には満足だった。

でも、私は二度とその店に行かなくなった。

もちろん私も、美容師との会話を楽しむ人が多いことは知っている。おしゃべりでストレスを解消したいならもってこいの話し相手だろう。ヘア施術という至極有意義な時間を利用しておしゃべりしたいという欲求を満たせるばかりか、人間関係の接点がないから他人の悪口を言っても安全だ。

でも私の場合、そんなおしゃべりでさえも労働のように感じてしまう。おしゃべりすることで仕事の疲れを紛らわせたがる美容師などもってのほかだ。客との社交的な会話は面倒だという美容師を探して仕事に集中してもらうほうが、お互いにとって都合がいい。

内向的な人と敏感な人は、心理学上では別々のタイプ

に分けられるが、重なる部分も多い。内向的な人は、心理面に加え、感覚面でも敏感だ。

　周りの目にはありえないほど鈍感に映るようだが、私の場合、酷使しっぱなしの視力以外は、感覚が必要以上に発達しているらしい。誰も気付かないかすかな悪臭をキャッチし、窓を閉めていても"埃のにおい"で黄砂の訪れを知る。痛みに敏感すぎて、もはや痛みを耐えることに慣れている。騒音にもめっぽう弱く、ホワイトノイズが欠かせない。

　そんな私が美容室を訪れるのは、心地よい刺激を感じたいからだ。なのに、会話という複雑な脳の働きを要する作業を強いるなんてあんまりじゃないか。

　美容室やマッサージ店、ネイルサロンなどは私にとって、専門家のサービスを結果物として与えられるだけの場所ではなく、休息の場所でもある。頭皮や肌のツボをやさしく刺激してもらい、その気だるい気分を満喫したいのだ。

　そういう時間は退屈だからとしきりにスタッフに話しかける人もいるが、正直、頭では理解できても共感はしがたい。他人の手と自分の表皮が接触し摩擦が起こると

いうとてつもない刺激の真っ只中で、退屈だなんて！
そのためか、私にはマッサージの最中で寝てしまうとい
う経験もほとんどない。

　以前は、どんな状況においても相手の気持ちを優先し
ていた。だから、誰か私と話したがる人がいれば、気が
進まなくてもなるべく相手になった。たとえ自分が、お
金を払ってサービスを受ける側の立場であっても。話し
たくないときは口をつぐんでいたいと思うのは悪いこと
じゃない、そう理解するまでに長い時間がかかった。
　今、私がお願いしている美容師とは、会うと笑顔で挨
拶する。続いてヘアスタイルと髪質についていくつかの
情報と意見を交わしたあと、相手が本格的に仕事に入る
と、静かにそれぞれの世界に浸っていく。その店を出る
ときは、とびきり髪が軽くなった気がする。もちろん、
頭の中も。

Q

買い物をするとき、店員にしつこく説得されると、100％気に入ってないものでも買ってしまいます。そして家に帰って後悔します。美容室でも、美容師に勧められた施術を追加した結果、レシートを見てびっくりすることも多いです。いつも"カモ"にされている気がします。これも内向的で気弱な性格のせいかと思うのですが、どうやったら直せるでしょうか？

**内向的な人の
Q&A**

A

内向的な人は、本能的に、客観的な状況よりも相手の気持ちを先に考える傾向があります。いくら面識のない相手でも、冷たく断るのは難しいでしょう。

でも、こういった状況できっぱり断れない最大の理由は、本人にも自分の気持ちがよくわかっていないからではないでしょうか。その商品はよさそうに思える、でも一方では、物に比べて高い気がするし、自分にそこまでの機能は必要ないんじゃないか。販売員はそういった心の葛藤をいち早く察知し、その隙につけこむのです。確かな情報をもってさえいれば、本人の性格がどうであれ、もっとはっきりとした態度を示せるはずです。

衝動的に買い物をしたり美容室に行ったりするのではなく、あらかじめ情報を集めておきましょう。そうすれば、販売員の勧めてくるものが突拍子もないものなのか、それなりに合理的なものなのか判断できるので、後悔することはなくなるはずです。

情報は、曖昧な事柄を明確にする力をもっています。買い物だけでなく、何事においてもあらかじめ情報をインプットして挑む習慣をつければ、自分を気弱だと思っている内向型人間でも発言権をもって優位に立てるはずです。

横になった瞬間に
眠れる人生について

　友人と旅行に行ったときのことだ。ホテルはツインの部屋をとっていたので、各々のベッドに転がっておしゃべりしていた。まもなく、友人は縦にしてもたれていた枕を横たえ、頭をのせた。すると驚いたことに、数秒もしないうちにすやすや眠りはじめたのだった。「まさか、そんなに早く？」と思い呼びかけてみたが、反応はない。見知らぬ土地の初めてのベッド、それもおしゃべりの途中で、横になった瞬間、寝落ちするなんて……。

　私は一度も感じたことのない激しい嫉妬に駆られた。誰かをそれほどうらやましいと思ったことはなかった。

　思い出す限り、私にとって眠りにつくことは、幼い頃からある種の宿題だった。

　頭の中でヒツジを5千匹くらい数えたり、数字を1万から逆に数えたりしながら眠りが訪れるのを待った。

寝る前に温めた牛乳やハーブティーを飲んだり、寝具を変えてみたりと、眠るためにあらゆる手を尽くした。昼寝をするなんて、めったにないことだった。

　寝床に入っても最低30分以上は眠れないという日常を送り、いっときは完全な不眠症にかかっていた。
　目は冴えているのに、そんな時間に頭がうまく働くわけもない。仕事をするわけにもいかず、ぼんやりと見上げる夜の闇は、ムンクの絵のように濃い青に包まれている。眠ることのできない夜など、ただの恐ろしい時間だ。ベッドは、部屋を埋めつくす巨大ながらくたにすぎなかった。
　もしもすぐに眠らせてあげると言いきる詐欺師がいたら、私はまんまと騙されていただろう。

　当時、誰かに言われた言葉が忘れられない。
「不眠症ねえ。それって、一生懸命生きてない人がかかるやつじゃない？」
　そんなことを言われて黙ってたのかって？
「それがいかに自己中心的で無知な発言かわかってるのか」と問い詰められる性格なら、はなから不眠症に悩ま

されることなどなかっただろう。

　人生について悩みはじめると、そのベクトルが内へ内
へと向かう人もいる。
「どうしてあんなことしたんだろう？」
「どうして私はこうなんだろう？」
「私のどこに問題があるんだろう？」
　内へと向かう問いかけには終わりがない。それらは普
段、他のことに気をとられているあいだは意識の裏に
引っ込んでいて、肉体の動きが止まった瞬間からむくむ
くと湧き上がってくる。特に、目を閉じていざ寝ようと
したときなんかに。押し込めようとすればするほど膨れ
上がり、気が付くと全身が緊張している。そして、緊張
した体ではなかなか眠りにつけない。
　のほほんと不規則な生活をしているからではなく、生
まれつきなかなか眠れない人だっている。彼らは、スト
レスにさらされた環境ではますます眠れなくなるという、
つらい星の下に生まれてしまったのだ。

　私の不眠症は、その後に患ったパニック障害を治療す
るうちに自然と治っていった。今の私は、これまでにな

くスムーズに眠れる日々を送っている。

　最近は、寝る前にオーディオブックを聴いている。初めて聴くわくわくする内容でも困るし、聴いていられないほどつまらない内容でも困る。それなりに面白く、ある程度は聴き慣れたテキストを、滑舌のいい声優が読んでいるものが好ましい。そういったものなら、ちょうどいい集中状態であらゆる雑念を追い払え、徐々に意識が遠ざかっていく頃にはホワイトノイズになっている。また、頭の中でオーディオブックの内容を振り返る作業を 15 分ばかり続けていれば、やがて眠りに落ちている。眠るにはいまだに何かしらの助けが必要なわけだが、この程度なら上々だ。

　今やベッドはくつろぎの空間と感じるほど、私にとって眠りは親しみやすいものになった。それでもやっぱり、頭の後ろに"電源オフ"のボタンでも付いているのかと思うほど寝付きのいい人を見ると、うらやましくなる。人間ドックの際は内視鏡検査のための麻酔で眠りに落ちるが、あんな気分だろうかと想像してみる。勝手にまぶたが閉じていくとろけそうな気分で寝床に入った瞬間、すっと体が沈むように眠りにつくのだろうか。

自分にない能力をひがんでいるわけではない。死ぬま
で味わえないかもしれない感覚へのロマンと言ったほう
がいいかもしれない。なぜって、のりの効いた洗い立て
のシーツとふかふかのベッドに身を預けたとたん、また
たく間に深く甘い眠りに落ちていくなんて、天にも昇る
心地に違いないからだ。

　他の人は気にしたこともない日常を、非日常の出来事
として受け止められること。それは意識が内へ内へと向
かいがちな人々に与えられた、慰めのひとつなのかもし
れない。

仕事をするわけにもいかず、ぼんやりと見上げる夜の闇は、ムンクの絵のように濃い青に包まれている。眠ることのできない夜など、ただの恐ろしい時間だ。ベッドは、部屋を埋めつくす巨大ながらくたにすぎなかった。

もしもすぐに眠らせてあげると言いきる詐欺師がいたら、私はまんまと騙されていただろう。

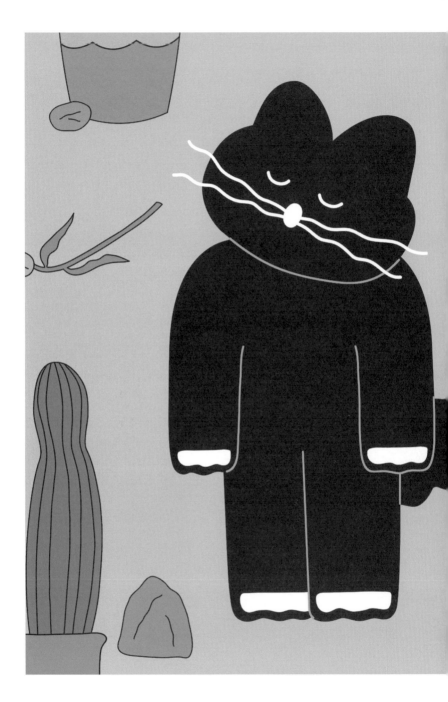

第4章　ほんの一歩で充分

部屋に閉じこもったまま
すべてを解決できたら

　新社会人の会話が偶然耳に入ってきた。内容からすると、煩雑な社会生活にずいぶん疲れているようだった。会話の途中で、そのうちのひとりがこう聞いた。

「いくらの収入が約束されたら、フリーランスになって家で働く？」

　すると、意外な返事が続いた。

「100万ウォン（約10万円）稼げるなら辞表を出す」

「50万ウォン（約5万円）。細々と食べていけるだけでいい。外にも出ない、人にも会わない。やるべき仕事だけやりたいときにやれるなら」

　社会経験の長い大人が聞いたら、鼻で笑うかもしれない。「"生活すること"をナメてるひよっこが駄々をこねているだけだ」と。「夢に向かってひた走ろうとしない最近の若者がまた甘えたことを」と、呆れる大人もいる

かもしれない。

　でも、それを聞いた瞬間、私は激しく共感した。私もそんなふうに生きたいと切実に望んだ結果、専業作家という、貧しさの象徴とも言える職業についたからだ。私はまさに、彼らの言う"食べていけるだけ"の収入でフリーランス生活を始めた。正直に言えば今でも、部屋に閉じこもって書き物だけして暮らせたらどんなにいいかと思う。

　内向的な人の多くが、「部屋に閉じこもったまますべてが片付く生活」を夢見る。組織の中で叩かれ、傷付き、ご機嫌うかがいに頭を悩ませるなんてうんざりだ。本来の仕事からかけ離れたことに、仕事よりも多くのエネルギーを使うなんて。何よりも人間関係がいちばん疲れる内向型人間にとっては、関わり合いそのものが最大の労働なのだ。だが、これをなおざりにすると仕事自体にも大きな支障が出るため、気を遣わないわけにもいかない。そうして次第に、仕事以外のことも仕事の一部であり、給料はその対価なのだと気付きはじめる。だからみんな、フリーで働ける職業にこれほど憧れるのだ。

　でも、長いあいだフリーでやってきた私の経験から言

わせてもらうと、残念ながら、この職業についてもその夢は叶わない。もしも私のしたいようにできるのなら、出版社とのやりとりは最小限に控え、本を出すこと以外に何もしたくない。引きこもって自分の仕事をし、原稿が本になったらひとりでに売れてほしい。

　かつては作家が、一見それらしい生活をしていた時期もある。でも当時でさえ、部屋に引きこもって書くだけの作家は、本を出すことも難しかった。ごくわずかな天才たちを除けば、出版業界に従事する人たちとの交流を続けながら、その中で自分の作品を広める機会をつかんだ人々だけが専業で食べていけたのだ。

　私は適宜、社会性スイッチを入れられる内向型人間なので、必要ならば自分の部屋から出ていくこともあった。そうやっていざ本来の自分から離れてみると、目の前に新たな世界が広がり、一歩ぐらいならその境界線を越えてみてもいい気がした。ほんの少しの勇気を出せば、いつだってその何倍もの見返りが返ってきた。みずから動き出すことが苦手な内向型人間でも、いざ自分の考えを行動に移した場合、たいていはある程度の結果がもたらされる。そして一度それを経験すると、境界線を越える

たびに、心の葛藤が少しずつ小さくなっていくのがわかるのだ。

　最近の私は、誰かに背中を押されなくても、みずから読者との交流の場を設けることさえある。けれどそれは私にとっては一大事で、各所への連絡やスケジュール調整、会場の交渉など、準備段階から何ひとつ気を抜けない。そればかりか、読者の前に出ることを思うだけで早くも緊張しはじめる。

　これは、私の足元にある境界線を大きく飛び越える行為だ。でも、こうして自分の殻を破り、刺激と疲労だらけの世界へ踏み込んだときの幸福感といったら、とうてい言葉では言いつくせない。たとえるなら大きな風船に乗り、重力に逆らって空へ上っていくような気分。

　いつの頃からか、部屋の中だけですべてを片付けたいとは思わなくなった。それは簡単なことではないばかりか、さほど健康的な生活でもないと感じるようになったからだ。しかし今でも、ひとり静かに本業に徹しているときがいちばん幸せであることは否めない。風船に乗って空を飛ぶ経験がどんなに素晴らしくても、地に足を付けているときがいちばん心安らかでいられるように。

Q

歌手になりたいのですが、あがり症
です。内気な私でも、この性格を直
して舞台に立てるでしょうか?

内向的な人の
Q & A

A

内気な性格と、人前で何かをうまくやれる能力とは、あまり関係
がありません。人々の視線が集中する中で自分の才能を発揮す
るのは、誰にとっても非常に緊張することです。自分を見せるこ
とをいとわない外向型人間も、それは同じ。与えられた環境の中
で、準備したぶんだけ力を発揮しなければならないのですから。
たとえ目の前に人がいなくても、無人カメラを前にたった一度で
完璧な歌や演技を見せろと言われたら、やはり緊張するはずで
す。

人前で才能を披露するには、向き不向きよりも慣れが大事。目を
つぶってでもできるくらい練習を重ね、緊張は承知のうえで何度
も舞台に上がることで徐々に慣れていきます。その状態で舞台
に上がると、アドレナリンなどのホルモンが分泌されて極度の緊
張状態になりますが、そのために集中力がアップし、練習のとき
よりいいパフォーマンスができることも多々あります。

それでもよくならない場合は、不安症の可能性があるので、専
門家の相談を受けるといいかもしれません。よく聞くあがり症も、
専門家から見れば不安症の一種です。

インドア派の条件

　家で執筆作業に没頭していたときのことだ。宅配業者から玄関の前に荷物を届けたというメッセージが届き玄関に向かうと、そこに脱ぎっぱなしの靴が目についた。「この違和感は何？」と思った次の瞬間、こんな疑問が頭に浮かんだ。
「最後に靴を履いたの、いつだっけ？」

　内向的な人の特徴のひとつが、何より家が好きな"インドア派"であることが多いという点だ。外向的な人なら、おそらくどんなに仕事に追われていても、何日も家にこもっているような生活には耐えられないだろう。
　内向的な私でさえ、かつては家を"ベースキャンプ"くらいにしか思っていなかった時期がある。学校から帰ってきたとき、家族が全員外出中だとどうして宝くじに当たったような気分になるのか、友人からクラブに行

こうと誘われたはいいが、どうしてそれが胃もたれのような不快感につながるのかわからなかった。

　刺激だらけの世の中で、家は、ある程度自分で環境をコントロールできる唯一の場所だ。体調に合わせて室温を調整することもできるし、自分の好きな姿勢でいてかまわない。何より、最大の刺激要因である"人間"に会わなくていい。無限大の自由を満喫できるのだから、家から出る必要を感じないのは、私にとってはごく当然のことだ。

　ところが、それがちっとも当然でない人たちもいる。そんな人に出くわすたびに、人間の多様性に驚嘆する。ある知人は典型的な外向型人間なのだが、忙しい日常を送った挙げ句に、「静けさと安らぎを得たい」と家を出ていく。静けさを求めてテンプルステイをし、安らぎを求めて東南アジアの寺院でヨガや瞑想を学ぶ。"家"以上に静けさと安らぎを与えてくれる場所はないと考える私には、なかなか理解できない行動だ。

　私にとっては、瞑想をしに外国の寺院へ赴くこと自体が、エクストリームスポーツ同然の激しい活動に値する。旅行は好きだが、それを休息だと思ったことはない。た

とえ行き先がリゾート地だとしても、私にとって旅行とは、覚悟のいる冒険であり楽しいチャレンジなのだ。実を言えばそれさえも、帰宅して玄関を開ける瞬間がいちばん嬉しい。

　内向的な人は、繭（まゆ）を作って中にこもり、そこで体力を養うカイコのようだ。自分の世界にどっぷり浸かる時間なくしては、人生の次のステージを無事に迎えられない。内へ内へと向かう心を責めるのではなく、完全に浸りきってしまえばいいのだ。

　でも、限られた空間で過ごすことで世界が閉じてしまわないよう、インドア派にもそれなりのルールが必要だ。

　規則的な生活をする。

　私の場合、起床と就寝、食事の時間は決まっていて、その日の朝に一日のスケジュールを立てる。時には「一日中何もしない」がその日のスケジュールだったりもするが、自分の時間が知らないうちにうっかり流れてしまわないよう管理している。ひとりの時間をコントロールできない日常は、無力感につながることもあるからだ。

家をきれいにする。

物が散らかった部屋や汚れた床は、知らず知らずのうちに人の精神を蝕むと何かで読んだことがある。長いこと家にいると、本当にそのとおりだとよく実感する。気分が塞ぐときは、いらない物を捨てると頭も心もすっきりする。

行こうか行くまいか悩んだらとりあえず行く。

行きたくないとはっきり思うときは、わざわざ他人のペースに巻き込まれにいって疲れる必要はないだろう。でも、行こうか行くまいか葛藤しているなら話は別。その席に顔を出すことのメリットもあると思うからだ。メリットとデメリットが葛藤するほどせめぎ合っているなら、思いきって外の世界と交わったほうが後悔は少ない。"自分らしさ"をつくるのは、記憶だ。今の自分を形づくっているものの多くは、"外の世界"で得たものが元になっている。家が好きだからという理由でそういった経験をすべて放棄すれば、人生において"自分らしさ"など残らなくなる。私たちには、たとえ回数は少なくても、その時期の自分を定義し、記憶に残る経験が必要なのだ。

運動をする。

正直に言えば、私は運動が大嫌いだ。スキーやテニスといったテクニックのいる運動を、わざわざやろうという理由がわからない。筋肉を付けるために運動をしなければならないことはわかっていても。

しかしそんな私でも、毎日汗を流して運動している。公園を早足で歩いたり、天気の悪い日には室内でエアロバイクをこいだりする。閉じこもりがちなインドア派には、肺の奥まで届く呼吸と、温まった体がもたらす解放感が必要だ。時折、奥へ奥へと沈んでゆき、そのまま消えてしまいそうになる心を、生きて動く肉体が引き止める役割をするのだ。

そんなことを書いていると、来週に入っていた会議が中止になることがわかった。白紙になったスケジュール帳を見て、ほのかな安心感が広がっていく。一週間まるごと、何も気にすることなく、家でひとり書き物をする時間が与えられたのだ。まるで思いがけないプレゼントのように。

あらためて、私とはこういう人間なのだと感じる。

インドア派に
喜ばれる
プレゼント

- どんな姿勢でもスマート
  フォンが見られるスタン
  ドホルダー
- 着心地のいい部屋着
- レトルト食品のギフト券
- ベッドトレイ
- AIスピーカー
- 着る毛布

まずは掃除機を選ぶように

　おしゃべりの最中、知人がバレエを始めたことを知った。姿勢を矯正するのにいいと言うので根掘り葉掘り尋ねていたら、こう言われた。

「とりあえずやってみなよ。今度一緒に行ってみる？」

　私の質問がわずらわしかったわけでもなければ、口先だけの言葉でもなかった。外向型人間にして行動家であるその知人は、たやすく新しいことを始められる。私のことも、思い立ったらすぐに行動に移せる人間だと思っているようだった。でも私は、バレエ教室に登録するなんて大それたことに、好奇心ひとつで踏み出せる人間ではない。

　私がバレエを始めるとしたら、今すぐ姿勢矯正が必要だという医者の所見はもとより、最低でも5人から勧められたうえ、ちょうどいいタイミングで近所にバレエ教室ができるなどの条件がそろってからの話だ。その代

わり、辞めるときも同じくらい条件がそろわなければならないので、いったん始めれば基礎がしっかり身に付くまで続けられるだろう。

　外の世界ですぐに電池切れになってしまう内向型人間は、何かを始めることに対して消極的だ。脳科学者によれば、内向的な人の脳は体が休んでいるときでも働き続けているという。そんな内向型人間にとって、やるべきことが増えるのはとてつもないプレッシャーだ。
　何かについて考えるとする。外向型人間が考えるのはそれに取り組んでいるあいだだけだが、内向型人間は違う。作業しないときも電源だけはつけっぱなしのパソコンのように、いつでもそのことを考えている。だからエネルギーの消耗が激しいのは当然の話で、何かを始めるのは大量のエネルギーを消耗することにつながるから、慎重にならざるをえないのだ。
　でも、あるときから、何かを始めることで人生が変わる場合もあるのかもしれないと思いはじめ、"始める"ことをもっと身近なものにしたいと思うようになった。
　先のことまで考えたり、頑張ろうと意気込んだりすることをやめ、何も考えず、指一本動かすだけでいいこと

から始めてみる。

　始めることそのものが目標の、何でもないことから
やってみよう。そう自分に言い聞かせた。

　数年前、イギリスのある家電会社から発売されたコー
ドレス掃除機が話題になっていたときのことだ。“破格
セール”という見出しに突き動かされて、思わず流行に
乗っかってしまった。

　ついに家に届いた日、期待に胸を膨らませて掃除機を
受け取り電源を入れてみた私は、少なからずがっかりし
た。ある程度予想はしていたものの、どうにも吸引力が
弱い。もともとわが家にあったコード付き掃除機は、ヘッ
ドを近付けると周囲の異物をブラックホールのごとく吸
い込んでくれ、胸がスッとすくような気分だったのに。
無駄な買い物だったかもしれない……。

　ところが、そんな悶々とした気持ちとは裏腹に、家の
中の風景は少しずつ変わりはじめた。いつも埃だらけ
だった床に、髪の毛一本落ちていない。理由はひとつ。
コードレス掃除機が掃除を“始め”やすくしてくれたのだ。

　コード付き掃除機を使おうとすると、まずは重い掃除

機を引きずり出してきてコードをほどいたあと、電源を探してコンセントを挿さなければならない。掃除が終われば、同じ作業を逆回しでくり返さなければならないのも気が重い。でも、コードレス掃除機なら、部屋の片隅に立てておいたものを持ってきてスイッチを入れるだけ。化粧瓶まで吸い込むほどパワフルなモンスター掃除機でも、電源につながない限り使えないのだ。思い立ったときにすぐ使えるコードレス掃除機の完全勝利と言えるだろう。

「始め半分」という言葉は嘘ではなかった。こまめな性格で、体力もあって、毎日のようにコード付き掃除機を引っ張り出して完璧に掃除できるなら、それに勝るものはない。でもそれが無理なら、たとえ完璧でなくても、気が向いたときに少しずつ掃除すればそれでいい。

　いっときは、「三日坊主でもくり返しやればそれでいい」と自分に言い聞かせていたのだが、今は「やるぞ！」という決心さえしなくなった。わざわざ決心して始めなくても、必要なときは必要なぶんやることになるのだから、スタート地点で力むことはないのだ。「なるようになる」という気持ちでコードレス掃除機を手にとる暮ら

しの身軽さたるや。

　一方こんなときでさえ、私の胸には「まさかコードレス掃除機のPRだと誤解されたりしないよね？」という心配がよぎるのであった。

あるときから、何かを始めることで人生が変わる
場合もあるのかもしれないと思いはじめ、"始め
る"ことをもっと身近なものにしたいと思うように
なった。
先のことまで考えたり、頑張ろうと意気込んだり
することをやめ、何も考えず、指一本動かすだけ
でいいことから始めてみる。
始めることそのものが目標の、何でもないことか
らやってみよう。そう自分に言い聞かせた。

長所は考えるところ、
短所も考えるところ

　多くの人に会いながら、忙しい日々を送る知人に聞いてみた。ストレスを感じた日は、家に帰って何をするのかと。帰ってきた答えは衝撃的で、数年が経った今でもはっきり覚えている。

「正直……これといってない。家に帰ったら、とっとと忘れてさっさと寝ちゃうんだ」

　恥ずかしげに笑う様子から察するに、そういった返事が多くの場合どんな反応を呼ぶのかわかっているようだった。そういえば、もっとたくさん人がいる席でこういう話が出たときは、「まあ、つらいけど、ビールでも飲んで吹き飛ばすかな」と言っていたのを耳にしたことがあった。

　もともとプラス思考で、外向的な気質の強い人だとは知っていたけど、こんな人間が本当に存在するなんて驚きだった。

私の場合、一度ストレスを感じると、いつまでもくり返し思い出してしまう。それを押さえ込もうとすると別の何かが頭に浮かび、むくむく膨らんでいく。考え事はそうやって巨大化して、眠りを奪い、元気を奪う。どうして私はこう考えすぎるんだろうと悩んでは、それさえも考え事なのだと気付き、思わず首をぶんぶんと振ることも多い。まるで、そうすれば余計な考え事のカスを振り落とせるとでもいうように。

　気がかりなことがあるたびに動揺してやまない私にとって、"考え事"は手に余るものだ。

　能天気な人を見て"浅はか"だと言い、思慮深いことを無条件にいいことだとみなす傾向もあるが、あまりに考えすぎるのは体に毒だ。いい意味での"考える"とは、単純に何かを考えるだけで得られるものではない。一般に"思索"という言葉を聞いて思い浮かぶのは、あぐらを組んで目を閉じ、瞑想している姿だろう。でも、仏教やヒンドゥー教に由来する瞑想とは、むしろ頭を空っぽにすることを言う。

　何事も内に向かうタイプの内向型人間にとって、考えることは、道具にもなれば、荷物にもなる。考え事が発

展してクリエイティブな成果を生んだり、ずば抜けた思考力で人にインスピレーションを与えたりすることもある一方で、思考という罠に陥ってしまうと、それが他でもない自分自身を蝕んでしまうこともある。

　考え事にふけりやすい内向型人間が自分を守る方法はただひとつ。

　動くこと、行動することだ。

　スケジュールがどんどん埋まっていく中で、得体の知れない憂鬱な気分に苦しんだことがある。普通なら気持ちが奮い立ってしかるべきなのに、どうしてだろう。ある日、これ以上放っておけないと思った私は心を決め、やるべきことのリストを作った。それらを重要な順ではなく、早く片付けられる順に整理すると、どんどん作業をこなして各担当者に送っていった。すると、心はずっと楽になっていた。

　行動しないと、次から次へといろんなことを考えてしまう。そうなると、考え事同士が衝突して、さらに多くの事故を生み出してしまう。

　休日に朝寝坊して、髪を洗おうかどうか悩んだ経験は

あるだろうか？

「午後に友だちと約束があるけど、気の置けない仲なんだし、帽子をかぶってごまかしちゃう？」

「いやいや、けっこうな中心街で会うんだし、そんな身なりじゃ気後れしちゃうかも」

「う〜ん、面倒だからやっぱりそのまま……」

「待てよ、友だちが誰かを呼んで合流することになったら、やっぱり困るよね？」

　髪を洗うか否かの問題ではない。そもそもこんなに悩まずに済むいちばん簡単な方法は、何も考えずに髪を洗うことだ。

　行動だけが、考え事を減らしてくれる。

　実際、内向的な人が行動力を身に付けることができれば、とてつもない力を発揮する。人間関係や仕事、生き方など、あらゆるものを自分で操れるようになるのだ。

　思慮深い人が行動を起こせば、その考えに現実味と哲学が加わる。"考えること"が役に立たない未練や心配、妄想に終わるのではなく、よりよい人生のための道具となるのだ。反対に、行動の伴わない夢想家は、考えない実践家の足下にも及ばない。いくら直感や共感力に劣る

人でも、行動すれば自然と経験値が増えていくからだ。そうして、井の中の蛙のような哲学者よりもはるかに深い境地に至った人々をたくさん見てきた。

　私はいまだに行動することが苦手だ。面倒だからというより、そもそも行動に移すべきことなのだと認識できていない場合が多い。思考も行動も内側へ向かいやすく、持って生まれたエネルギーにも限りがある私は、選択の岐路に立たされると、つい"やめとく"ほうに傾く。やらないほうが楽だし、私の性分にも合っている。でもずっとそんなふうだと、いつかは考え事でがんじがらめになって身動きできなくなってしまうとわかっているから、私はあえて本来の自分に逆らい"やってみる"ほうを選ぶ。

　今のところ、行動に裏切られたことはない。

私だって
スパッと忘れてしまいたい

　誰かに傷付けられたとき、その状況を見守っていた人たちは、よくこんな言葉で私を慰めた。

「もともとああいう人なんだよ。スパッと忘れちゃったほうがいいって」

　もしあなたも同じような経験があるなら、その相手には二度とそういう類の悩み相談をしないほうがいい。慰めてくれようとしているのはわかるが、この言葉の裏には「要は自分の受け止め方次第。そんなことで周りの人まで巻き込まないで」という意味も含まれている。もちろん、それが間違っているとは思わない。

　そう言われるたびに、自分でも強く思う。スパッと忘れてしまえたら。ウジウジせず割りきれたら、と。

　でも、それができるなら人類はこんなに苦労しながら生きていない。人が人を傷付ける最大の理由は、とどの

つまり、割りきれない感情ゆえなのだから。

　内向型人間は、行動や感情のベクトルが内側に向いているため、傷付いた感情をなかなか振り捨てることができない。外で使えるエネルギーに限りがあるので、気が紛れるまで外部の刺激に身を任せることもできない。

　あの名台詞のように、「心臓がカチカチに固まってくれればいいのに」※とよく思う。どうでもいいことに気持ちを乱され、自分を傷付けた人間について考えることに、大事な人生の一部を費やしていると思うと悔しかった。場数を踏んでからは、悔いが残らない程度には対処できるようになったが、後遺症はやはり残る。普段は平気ぶっていても、実際はいつでも、ホラー映画に出てくるような怪しい影に付きまとわれている気分だった。頭ではわかっているのに、気持ちは付いていかない。そんな矛盾にいっそう傷付くのだった。

　こんな内向型人間にとって、「スパッと忘れなよ。どうでもいいことでしょ」というアドバイスは空しく響くだけだ。

　何を言われても平気そうに見える人には、外向型人間

が多いように感じるかもしれない。でも、近くで見ていると、彼らも同じように傷付いていることに気が付く。肝が据わっていて大らかだからといって、小さなことに傷付かないわけではないのだ。ただ、彼らは驚くほど忘れるのが早い。そんな感情は文字どおり、"スパッと"忘れてしまうのだ。

　こんなふうに言うと、外向型人間はまるで、銃弾をもはね返す鉄人のようだ。でも、彼らだってやっぱり同じ人間。感情の限界値がちょっと高いだけだ。彼らはしばしば、内向型人間なら決して踏み入らないだろうエリアに勇敢にも近付いて、自爆することもある。時にその傷は、彼らの耐性をもってしてもどうにもならないほど深い傷痕として残る。もしかしたら、スパッと振り捨ててしまえない傷の総量は、外向型人間も内向型人間も似たようなものかもしれない。

　いつからか悟ったことがある。傷が癒えるには必ず時間が必要なのだと。すっぱり忘れてしまえ、それがどうした、といくら自分に言い聞かせても、心の傷はすぐには癒えない。針が深く突き刺さった指先が、大丈夫、と思っただけですぐに治るものではないように。むしろ、

治るには時間が必要だと認めたほうが、心はずっと軽くなる。

　まずは焦らないこと。その次は、傷の物理的要因をできるだけなくすこと。自分を傷付けた人と距離を置いたり、話し合いで解決できる部分はそうしたりする。折れた針が残って傷が膿んでいたら、いくら薬を塗っても意味がない。心の傷を刺激する針をそのままにしていては、回復は見込めないのだ。

　そうやって自分の心と向き合える状態で待てば、"大丈夫"と思える瞬間がやってくる。それから少しずつ、自分を慰めていけばいい。

　スパッと忘れられない自分を憎むのは、もうやめよう。

※ドラマ『私の名前はキム・サムスン』の台詞。

私もサイダーみたいな人だったら

　無礼な人から無礼なことを言われることがある。そんなとき、ちゃんとした対処もできずまごまごして受け流し、あとになって後悔する。子どもの頃から「何やってんだろ、私」と感じてきた背景には、必ずこういうシーンがあった。

　内向的な人は、思考のベクトルが内に向いている。だから、初めて会う人に「老けて見えますね」と言われると、反射的に自分を振り返る。
「最近忙しかったのが、顔に出てるのかな？」
「それとも、今日の服装のせい？」
　そんなことばかり考え、ずいぶん経ってからやっと、相手が無礼だったことに気付くのだ。
　その場ですぐに、「そうですか？　私はてっきりそちらのほうがずっとご年配かと……。お互い老け顔なんで

しょうかね、アハハ」と、サイダーのようにスカッと爽やかに言い返せたらどんなにいいだろう。そんな今更なシナリオを思い浮かべながら、ひとりもどかしくなる。次こそは、と胸に誓っても、その場になるとやはり同じことのくり返しだ。

こんな理不尽なシーンでとっさに対応できるのは、思考のベクトルが外に向いている外向型人間のほうだ。内向性の強い人は、いくら事前に対処法を身に付けたとしても、同じようなことが起ればまたまごついて受け流してしまう。

臆病だとか小心者だからではなく、もともと思考の流れと構造が異なるのだ。

実を言えば、私の場合は経験と学習の甲斐もなく、今も同じような状況で同じように後悔している。少しの悔いも残らないよう対処するのは、おそらく死ぬまで無理だろう。でも、後悔の種類と程度は変わった。「あのときああ言うべきだったのに……」というのがかつての後悔なら、最近の後悔はこうだ。

「もう少し早く逃げるべきだったのに！！」

護身術を習っている人たちは、ナイフを持った人への対処法として同じような教えを受けるという。

「全力で逃げろ」と。

　それは卑怯なことじゃない。勝てない相手から逃げることは、多くの場合、自分の命と尊厳を守るためにもっとも賢明な対処法となる。

　無礼な人たちは言葉というナイフを持っていて、こちらが抑えつけようとしてもかえってケガをしてしまう。そういう人たちは、小さないさかいにも致命傷を負う内向型人間が関わったところで、気持ちのいい結末を迎えられる相手ではない。

　無礼さに対する最善の復讐は、なるべく早くその人から逃げ、人生のあらゆるシーンからそっとその人を消していくことだ。

　それは、もっともスマートな復讐方法でもある。

　実際に社会では、たちの悪い人物はこういったかたちで制裁される。先の読めない複雑な世の中で、誰かをはっきりと敵に回すのは賢明なことではない。その人とどこで再会するかもわからないし、どんなに無能な人でも、他人の人生をかき乱すことはできるからだ。そうい

うわけで、ぶしつけな態度への社会的制裁は、ひそかに下される。

　たとえば、「業界が下火で仕事が入ってこない」というぼやきや、「進めていたプロジェクトが運悪く頓挫してしまった」というため息の裏には、社会からの静かな報復が隠されているかもしれないのだ。

　理不尽さや無礼さに対してうまく対応できないと、そのたびに自分が情けなくなった。でも今思えば、相手に一発かますことのできないそんな性格が、むしろ自分を守る盾になっていたような気がする。

　言葉で攻撃する人は、そのせいで大失敗することもあるからだ。そしてその失敗を埋め合わせるために膨大なエネルギーを費やしている姿を、しばしば目撃する。そんな状況は、内向型人間にはとうてい手に負えない。

　先日、ある席でひどく無礼な人に会った。人を侮辱するような言葉と態度でみんなを困惑させ、本人はそんな自分を面白いと勘違いしているタイプだった。私はそのときも、相手の問題をその場では認識できないまま、心のもやもやばかりが大きくなっていくのを感じていた。そして次の瞬間、こういった事態に備えて訓練しておい

た私の意識が、"ピー！ ピー！"と警報を鳴らした。

"早く逃げろ！！"

　私はその人に「ああ、なるほどね」とだけ応じると、同席していた他の人に話題を振り、なるべく急いでその場を離れた。

　今は誰かの言葉に抵抗を覚えると、さっさとその人から自分を避難させて、それからゆっくり理由を考える、というのが私のマニュアルになっている。そうすれば、自分が敏感に反応しすぎなのか、相手が無礼なのかがはっきりわかり、次にどう行動するかを決めることができるようになる。

　こうして見ると、この先もやはり、私がサイダーのようにスカッと相手に言い返せる日はやってきそうにない。でも今は、それで損をしているとも思わない。

Q

言いたいことをはっきり言えず、やりたいことをなかなか行動に移せない自分が、臆病で意気地なしに思えます。内向的な性格を直せば、こんな気分にならなくて済むのでしょうか?

内向的な人の
Q & A

A 臆病だったり意気地がなかったりすることは、内向性とイコールではありません。外向的な人でも、考えの幅が狭く実践力がない人は、やはり臆病で意気地なしに見えます。どちらかというと、内向的な人のほうが実践に先立って深く考え、慎重なために、そう誤解されることが多いだけ。とても内向的な人の中にも、大胆な人はたくさんいますよ。

つまり、問題は内向的な性格にあるのではありません。自分のやりたいことに少しずつチャレンジし、その結果を見届ける経験を積み重ねながら、自分自身への信頼を育てましょう。それには多少の勇気が必要です。最初はなかなか難しいかもしれませんが、続けていくうちに、必要なときに必要なだけ勇気を出せるようになります。

自分の望むものに少しずつ近付き達成していけば、いつかきっと、自分を臆病で意気地なしと感じていたことさえも思い出になる日がきますよ。

ひとりが好きなのに
結婚してもいいんでしょうか？

　自分は結婚には向かない人間だと思っていた。興味の矛先は自分の人生に向いていて、ひとりでいるのが好きだったから。恋愛の真っ只中にいるときでさえ、心のどこかでは「やるべきことがたくさんあるのに、こんなことにエネルギーを消耗していていいんだろうか」という疑問が渦巻いていた。そんな私が、周りの誰よりも早く結婚した。私はそのとき、「何事もこうだと言いきることはできない」ことだけは言いきれるという教訓を得た。

　それはともかく、典型的な内向型人間として、結婚してから少なからぬ時間を過ごした感想をひと言述べるなら、「悪くない」。

　韓国で結婚すれば、パートナーの背後には親族関係など何だかんだ余計なものがくっついてくる。それが大歓迎という人は、そんなに多くはないはずだ。ただ、結婚した当事者たちだけを見ていると、実は結婚は、内向型

人間に向いているんじゃないかと思うことが多い。

　内向的な人は人間関係で疲れやすく、ひとりでいるのが好きではあるけれど、人間自体が嫌いなわけではない。人と会うとエネルギーの消耗が激しいために、会いたい気持ちと躊躇する気持ちのはざまで葛藤することが多いだけだ。そして忙しいときや疲れているときは、当然"会わない"ほうに気持ちが傾く。そんな状態が続くと、やがて「暮らしにハリがない」と感じる瞬間がくる。言うなれば、真冬に寒いからと何日も換気しないでいると、気付かないうちに息が詰まり、頭痛がはじまるのに似ているかもしれない。

　いくらひとりで楽しく過ごせても、私たちにとって人とのコミュニケーションは、おやつではなく主食のようなものだ。そこで大やけどしたときはしばらく近付きたくもなくなるが、そのやけどもまた、結局は人間関係によってのみ癒されるという悲しい矛盾を抱えて、私たちは生きている。

　とりわけ、ひとりでいる状況を招きやすい内向型人間にとって、パートナーは最後の砦となってくれる存在だ。

レストランで食事しているカップルが恋人同士なのか夫婦なのかは、ひと目でわかる。恋人同士は、ひっきりなしにお互いに集中しながら、視線を合わせたり会話をしたりしている。いっぽう夫婦は、片やひと足先に出てきた副菜をつつき、片やスマホをいじりながら、時折わずかな言葉を交わすだけだ。

　移ろいゆき、冷めていく愛の現在と未来の姿を見ているようで、かつてはそんなギャップが悲しくもあった。でも今は、無理に何か話さなくても揺るがないこの関係が、尊いものに感じられる。実際、緊張しながら会話しなければならない相手より、夫と何か食べているときがいちばんおいしい。存在はちゃんと感じられるのに、コミュニケーション上の疲れをほとんど感じさせない唯一の人だ。

　夫婦とは、とても特殊な関係だ。「友だちみたいな」「恋人みたいな」、あるいは「きょうだいみたいな」というたとえでは、その親密さは表しきれない。私と彼はちっとも似ていないにもかかわらず、まるで私のクローンがそばにいるかのように違和感がないのだ。

　ドーパミンの分泌に反応する外向型人間なら、そんな

夫婦関係は退屈な牢屋のように感じるかもしれない。でも、多くのことが予想可能なこの関係が、私の性格にはぴったりな気がする。私の場合、パートナーもまた私に負けず劣らず内向的な人間だ。

　大人になってから気付いたことのひとつが、友だちは永遠ではないということだ。学生時代は「生まれ変わっても一緒だ」と信じて疑わなかった友人たちとも、別々の道を進むうち、自然と関係が遠のいていく。どれくらい親しいかではなく、人生の周期が重なった人と友だちになり、周期が変わればまた別の誰かと近い関係になる。大人になり人生のハンドルを自分で握れるようになると、昔から知っているというだけでは、無理して居心地の悪い関係を続ける理由にはならない。いつ壊れたり変わったりするかも知れず、持続的なメンテナンスが必要なのが友人関係だ。

　結婚も永遠のものではないが、その関係は少なくとも、永遠を前提として２人の関係を最優先させるという合意のうえに成り立っている。言い換えれば、絶対に壊れない〝ベストフレンド〟になると約束すること。友人関係に比べて、壊れた場合に受けるダメージは重大である

というブレーキ付きで。

　私は結婚によって、もしも独身だったら、孤立を避けるためにしていただろうあらゆる努力を省略できた。私が顔も洗わずパジャマ姿のままでソファに転がっていても気にしない夫のおかげで、ひとりの時間がいっそう充実したものになった。

　何事もこうだと言いきれないことだけは言いきれ、正解がないことだけが正解。それが、私たちが生きるこの世界でたったひとつ確かなことだ。したがって、内向型人間のひとりとして結婚してよかったと思うこの気持ちも、決して答えではない。何よりもそこには、お互いにとって"いい結婚"であるべきという条件が付いている。

　ただ、ひとりが好きだから結婚に及び腰になるという内向型人間に、これだけは伝えたい。選択肢はひとつではないのだと。

夫婦とは、とても特殊な関係だ。「友だちみたいな」「恋人みたいな」、あるいは「きょうだいみたいな」というたとえでは、その親密さは表しきれない。私と彼はちっとも似ていないにもかかわらず、まるで私のクローンがそばにいるかのように違和感がないのだ。

憂鬱な気分への対処法

　内向型人間はあらゆる感情や感覚が敏感に発達しているため、外向型人間ならスルーしてしまう小さな幸せも感じとることができる。それは、内面に細やかな注意を傾ける内向型人間の特権だと思う。

　でも、ささいな感情の変化をキャッチできることは、いいことばかりではない。おまけに私たち人間はもともと、マイナスの感情により強く反応し、長いあいだ記憶するように生まれついているという。不安、恐れ、心配などの感情は、生き延びることには有利に働くからだ。「崖に近付けば落ちるかもしれない」と考える人と、「ちょっとくらい近付いたって平気だ。人間はそう簡単に死なない」と考える人のうち、どちらが無事でいられる可能性が高いかは一目瞭然だ。

　外向型人間はうつにならないという偏見は危険きわまりないが、一方で、感情に敏感な内向型人間が憂鬱にな

りやすいことは否定しがたい。

　私にとっても、"憂鬱"は慣れ親しんだ感情だ。いっ
ときは重度のうつ病と診断されたこともある。けれど今
は、わけもなくふいに訪れる憂鬱な気分と、それなりに
共存しながら生きている。

「心の風邪」とたとえられるうつ病は、知れば知るほど
風邪に似ている。風邪もうつ病も誰でもかかりえるもの
だけれど、かかりやすい休質というのはある。たいてい
は放っておけばそのうち治るが、ちゃんとケアすればよ
り短く、軽症で済む。反対に、無視して放置すれば大病
につながる可能性もある。

　時々わけもなく憂鬱になると、とうに慣れた感情とは
いえ、毎回どう向き合えばいいか途方に暮れる。初めは
わけもわからず「どうして？」とみずからに問いかけて
ばかりいる。答えを見つけなければ、そんな気分から抜
け出せない気がして。でもやがて、「どうして？」が重
要でないことを思い出す。「どうして？」と思い詰める
ことは、憂鬱な気分をさらに助長する"考えすぎ"に直
結するからだ。

この段階を過ぎると、今度は自分自身を単なる動物だと考えるようにもっていく。憂鬱な気分は脳の作用とホルモンの分泌によるものだから、身体的な条件を変えればそれに見合った反応があるはずだと信じるのだ。

　憂鬱な気分は実際のところ、気持ちの問題としてコントロールできるものではない。冬が深まると季節性のうつ病を患う人が増えたり、日照量の少ない北欧にうつ病が蔓延したりすることからもそれはわかる。身近なところだと、女性の体に生まれた私がひと月に一度、ホルモンの変化によって生きるのが嫌になることも、私の感情が動物としての肉体に支配されていることの証拠だ。

　憂鬱な気分からなかなか抜け出せない自分を、動物の一種として見ることで、無駄な自己憐憫や考えすぎから逃れることができる。

　まずは、寝るのが遅くならないよう気を付ける。夜という時間に、私の自我はまったく別の人格をもつようだ。いくら頑張っても、沈んでいく気持ちとマイナス思考を止められない。憂鬱な気分に支配されないためには、夜はできるだけ寝ていることだ。当然、すでに憂鬱な気分に囚われている人は簡単に寝付けないのだが、眠れない

からといって朝までスマホをいじっているようではいけない。私の場合はこういうとき、興奮したり集中力を要したりする行動はしない。まっすぐベッドに行くことはなくても、早めに入浴してパジャマに着替え、読書のような静かな活動をする。

　次に、体を動かすために最大の努力をする。歩いたり走ったりして汗を流せる運動がいちばんいい。憂鬱で身も心も重いとき、運動をするとたちまち気分が軽くなる。あまった時間は、掃除や整理整頓といった、何も考えずに体を動かせることに使う。体を清潔に保ち、身だしなみに気を遣うことも、この時期には重要だ。

　憂鬱なとき必ず専門家に勧められるが、あなどられがちなアドバイスがある。「散歩すること」と「日光に当たること」だ。基本中の基本なのに、これほど見過ごされがちなものもないように思う。外へ出て日差しを浴びると、嘘みたいに気分がよくなる。問題は、憂鬱感が病気にまで発展してしまって、外へ出る気力もない場合だ。でも、単純に気分が落ち込むだけなら、外へ出ることで必ず効果が得られる。

そして、体調不良を起こさないよう気を付ける。憂鬱な気分は多くの場合、小さな病気を伴う。体調がすぐれなければいっそう憂鬱になり、すると体もさらに悪くなる。そんな悪循環を断ち切るために、私は体に気を遣う。こういうとき病院に行くと、根本的な治療より対症療法を受けることが多いが、それでも医者に言われたとおりに薬を飲んで、コンディションを整える。そうして初めて、いくらかましな気分で少しずつ動くことで憂鬱な気分を和らげる、という好循環をつくることができる。

　私たちの感情は、身体がどういう状態にあるかということと深い関係にある。そのため、体を酷使したまま感情だけを救うことはできない。だから私は、憂鬱な気分に襲われると、まずは体からいたわってあげる。体が先なのだ。

　今よりずっと未熟だったとき、マイナスの感情がひとつもないことが幸せな人生の条件だと思っていた。でも実際の幸せは、はるかに多様で複雑だ。幸せとは、憂鬱な感情さえも人生の一部として認め、ありのままに生きることで得られる総体的な満足感だとも言えるかもしれない。

喜び、楽しみ、快感といった感情とともに、"憂鬱"というやつもまた、忘れた頃にやってくる友人ぐらいに思って生きていこう。そして次に訪れてきたときは、こう言ってみようと思う。

　「いらっしゃい。小さいほうの部屋を使っていいから、適当にやってね。ここにいるあいだ、家の中をあんまりかき乱さないこと。出て行くとき、お別れの挨拶はいらないよ」

ひそやかで、温かく、
ゆっくりとしたものたちについて

　この本を書いているあいだ、10年ぶりに初めてダイエットに成功した。

　ものすごい肥満からものすごいスリムになったわけではないにしても、時間という不可抗力に逆らって"初めて"体重計の目盛りを減らしたことに意味がある。豆腐数十丁にも相当する肉をそぎ落とし、服のサイズがひとつ小さくなった。

　私の体は、持ち主の敏感さをそっくり引き継いで、変化に対して激しく抵抗しがちだ。時の経過とともに代謝率と活動量が減ることで自然と付いた脂肪を、やすやすと手放そうとはしなかった。少しでも食事の量を減らしたり運動したりすると、「自然の摂理に逆らおうとするとは！」と、すぐさま不眠と疲労という罰が下された。そんなふうに肉体の限界にぶつかりながらも、さほど意志の強さを試されることのない人生だった。そのため私

は、体の言いなりに生きることにしていたのだった。

　そんなある日、これまでとは違った生き方をしてみたくなった。そうして、魂の器とも呼ばれる肉体を変えたいという気持ちが、久しぶりに芽生えた。かの神聖な体脂肪に下手にケンカをふっかければ、これまで同様、闘う前から降参する羽目になる。だから体に気付かれないくらい、こっそりとダイエットを始めた。

　修行僧のように規則的に仕事をし、ご飯を食べ、運動をした。普段の食事をごく少量ずつ減らし、運動は少しずつ増やしていった。そうやってひと月に1キロずつ減らし、エピローグを書いている今は10年前の体重を数ヵ月キープしながら世界の余白に貢献している。

　世の中には、情熱を燃やしながら花火のように激しく生きられる人もいる。でも、それは自分とは別次元の生き方なのだと最近になってようやく気付いた。それまでの私は、みんなが知っている激しいダイエットだけが本物なのだと思い込み、非力な体で見当違いの根性試しをしていたのだった。

　どちらかというと静かに、慎重かつゆっくりと動かな

ければならない内向型人間は、自分をもどかしく思うことも多いはずだ。めらめら燃えるキャンプファイヤーのように華やかな火花を散らせ、頬が熱くなるほどの火力を出せればどんなにいいだろう。でも実際は、温かいのかどうかも疑わしい湯たんぽのように生きている。

　人生の階段を一段ずつ上るたびに、ロケットのような馬力で一瞬にして次のレベルに移れたらと思うけれど、現実の私はオールを手にして小船に乗っている。

　ダイエットらしからぬダイエットをしながら、書くことで内向型人間としての人生を振り返ってきた私は、湯たんぽや小船の長所をより深く知れた気がする。水を入れたり、渡し場にくくりつけたりさえしなければ、そのままで充分に尊い、ひそやかで、温かく、ゆっくりとしたものたちについて。

　この本が、自分の価値を内側へしまい込み、何かを奪われてばかりいる人への、あるいは、社会性スイッチを入れて、人に喜ばれるため社会の一員を必死で演じている人への、小さな共感と癒しになることを願っている。

ナム・インスク

著者
ナム・インスク

エッセイスト、小説家。韓国、中国などで累計380万部を超えるベストセラー『女の人生は20代で決まる』で新たなトレンドを築き、20〜30代の女性読者から圧倒的な支持と共感を集めた。誠実な筆致で現実的なアドバイスを届ける「女性たちのメンター」として愛されており、近年はアメリカでも講演を行うなど活動の幅を広げている。

訳者
カン・バンファ（姜芳華）

翻訳家。韓日・日韓翻訳講師。訳書にチョン・ユジョン『種の起源』（早川書房）、ピョン・ヘヨン『ホール』、ペク・スリン『惨憺たる光』（ともに書肆侃侃房）、コン・ソノク『私の生のアリバイ』（クオン）、チョン・ミジン『みんな知ってる、みんな知らない』（U-NEXT）、キム・ウンジュ『+1㎝ LOVE』（文響社）、ユ・ウンジョン『傷つくだけなら捨てていい』（イースト・プレス）など。共著に『일본어 번역 스킬（日本語翻訳スキル）』（넥서스 JAPANESE）がある。

実は、内向的な人間です

2020年11月20日　　第1版第1刷発行
2023年6月20日　　第1版第3刷発行

著　者　　ナム・インスク
訳　者　　カン・バンファ
発行者　　矢部敬一
発行所　　株式会社 創元社

〔本社〕　　　　　〒541-0047
　　　　　　　　　大阪市中央区淡路町4-3-6
　　　　　　　　　電話 (06) 6231-9010 (代)
〔東京支店〕　　　〒101-0051
　　　　　　　　　東京都千代田区神田神保町1-2　田辺ビル
　　　　　　　　　電話 (03) 6811-0662 (代)
〔ホームページ〕　https://www.sogensha.co.jp/

ブックデザイン　　ニルソンデザイン事務所
イラスト　　　　　AE SHOONG
印刷　　　　　　　図書印刷株式会社

本書を無断で複写・複製することを禁じます。
乱丁・落丁本はお取り替えいたします。

©2020 Printed in Japan
ISBN978-4-422-93087-9 C0098

本書の感想をお寄せください

投稿フォームはこちらから ▶ ▶ ▶